営業が永業に変わるとき

永く評価され続ける営業の理由

香月敬民

HS

プロローグ

何だこの頼りない上司は。


俺の第一印象は、正直あまり良いものではなかった。

とはいっても、異動前の上司から比べると優しそうな感じはあり、特別悪い印象は受けなかったが……。

しかし、切れ者と言われた前の課長とは正反対の個性を感じた。

これがあの噂の浦田さんとの出会いだった。


効率。

利益。

テクニック。

競争。

そういうものを追い求め続けた。それが営業としての近道だと思っていた。

しかしそれらは決して近道などではなかった。

俺は、自分で自分を追い込み、そして苦しんでいたのだろうか。

自ら孤独を選んでいたのだろうか。

浦田さんとの出会いで、俺を、俺自身を、こんなに根本から見直すことになるとは思ってもみなかった。

第一章

「違和感」

テクニックや効率を超えたところにある人間力

春らしい風に包まれて電車を降りた。右手に持った荷物が重い。

朝一の駅は人も多かった。誰もが先を急いでいた。少し大きな荷物を持った俺は、その流れを避けるように端の方を歩いている。

エスカレーターで下に降りた。荷物は邪魔だった。

降りてすぐロータリーにあるタクシー乗り場に向かう。

バスが示す行先がまるで知らない漢字の羅列なのに、やはり違和感がある。


俺は北九州から久留米に転勤になり、東町にあるという事務所へ向かった。

同じ福岡と言っても、北九州と久留米だと文化が違う。山口生まれの俺にとっては、久留米は異文化だと言ってもいい。でも噂の浦田さんと仕事が出来ることを、嬉しく思ってもいた。

新幹線が通ったので、乗ってみるとすぐだった。車で行こうと思うと結構な距離だが、たいしたことはないんだな。そう思った。

駅を降りると鼻から臭ってくるものの違いにびっくりした。鉄鋼の町北九州に対して、ブリヂストンの聖地久留米。空気は少し違うのだろう。

駅はきれいに整備されていたが、開発途中といったところだろうか。まだまだ工事中が目立つ。駅を降りてすぐに目の前の茶色い物体を見上げた。タワーマンション。頂上を見上げていると首が痛くなりそうだった。

当然だが見るものすべてが新鮮だ。それは新しいという意味ではなく、見たことがないものという意味だ。物珍しい。そう感じながらキョロキョロしていた。きっと田舎もんにでも見えるのだろう。まぁ人口からいっても、田舎から出てきたことにはならない。面倒くさいからどうだっていいが……。我慢していたタバコに火をつけた。ハイライト。学生時代から銘柄は変わらない。ある俳優がドラマで吸っているのを見て、それ以来変えてはいない。別にその俳優が好きというわけでもない。きっかけに過ぎない。そしてそれもどうでも良かった。

「おはようございます。北九州支店より配属になりました、坂木と言います。よろしくお願いします」

事務所の扉を開けた俺は、緊張を吹き飛ばすように、少し大きめな声で挨拶をした。こういう時は力を示した方がいい。よそ者という感じを消し去るために。

ひややかな目を想像していた。でも現実は違った。

「おはようございます」

みんなが作業の手を止めて立ち上がった。こっちを見た視線は、みな優しかった。

昨日までいた事務所とまったく違う。何だ？　会社を間違えたのか？　目が泳いだ。以前いた場所と同じものやフレーズを探そうと必死になっている俺がいた。事務の女性の制服は同じ。壁に掛けてある社訓も見覚えのあるものだ。確か入り口にも会社の名前が書いてあったはずだし、間違いがないはずだが……。

「坂木さん、おはようございます。ようこそ久留米へ。こちらへどうぞ」

受付に座っていた井上と名乗る女性に誘われ、奥のデスクに座った。間違いないようだ。一瞬違う会社に来てしまったのかとびっくりしてしまった。アドバンテージを少しでも取ろうと思っていたが、あっさりそれを許してしまった感じだった。

始業時間まであと少しあったが、事務所には活気があった。やっぱり違う。昨日までいた場所とは何かが違う。本当に同じ会社なのだろうか？

時間ギリギリに眠たそうな目をこすりながら無表情で席につく人や、計ったように時計ピッタリに入ってくる人、挨拶もせずにパソコンにひたすら向かっている人、そういう昨日まで見てきた人はどこにもいなかった。

おかしい。

やっぱり同じ会社という気がしない。

俺は違和感に包まれていた。


北九州支店から異動を言い渡されたのは先週だった。北九州から初めて久留米支店への異動。なぜ俺がという気持ちもあったが、上を目指していく俺にとっては、これもいたしかたがないとすぐに受け入れた。

「調子が良い久留米に行くんだ。お前の力を存分に活かして出世しろよ」

課長の言葉はただのおだてだったのかもしれないが、俺自身ももちろんそのつもりでいた。出世してやる。３年前に入社した時からの想いだった。


神棚に水をお供えしている男性がいた。確か久留米の支店長じゃなかったか？　しばらく観察していると、ヨロヨロしながら降りたその男は、支店長が座るべき椅子に座った。

間違いない。

席を立ち、向かった。挨拶をしなければ。

「坂木君」

３歩ほど歩いた時に、向かおうとしていた支店長から声を掛けられた。いきなりで面喰ってしまった。

「はい？」と言って立ち止まった。

「椅子」

「え？」

「椅子を引こうか」

そう言ってニコッとした。何を言ってるんだ？　意味が分からなかった。

「おはようございます」

後ろから声がした。凛とした声。声に張りがあるとはこういうことを言うのだろうと感心しながら振り向いた。その男は俺が座っていた椅子を机の方に押しやった。右手で髪をかき上げる。

「あなたが坂木さんですね。浦田です。よろしくお願いいたします」

目の前に右手が差し出された。俺は頼りなくもその手を握った。握り返された手はちょっと痛いと感じるほど力強かった。

「すみません、ミーティングをしていたので、ご挨拶が遅くなってしまいました。支店長への挨拶はお済みですか？」

そう言いながらまたニコッとした。何なんだろうこの感じは。この人が浦田さん？　想像していた人とは大きく違っていた。やり手の営業マンだと聞いていたが、どことなく要領の悪そうな感じの印象があった。優しいといえばそうなのだろう。以前の課長とはまったく違う印象を受けた。

以前の課長は切れ者だった。颯爽とクロージングをかけて、契約を取ってくる。あの姿に憧れていた。こんな営業マンになってやる。いつか抜いてみせる。いつもそう思っていた。ようやく契約数が近づいて来て、この課長にも追いつける、そんな矢先だった。転勤。久留米への異動だった。博多の方が本社だが、北九州、久留米と拡大してきたこのレインボーリフォームで、北九州から久留米への異動は初めての事例だった。

逃げたな。

正直そう思った。俺に追い抜かれるのを嫌ったんだ。

おそらく俺が同じ立場でもそうしただろう。まぁ認められたと思うことにしよう。でもいつか必ず見返してやる。それが俺のモチベーションだった。

「坂木君、北九州支店での活躍は聞いているよ。久留米でもよろしく頼むよ」

支店長の白沢さんは、ダンディな方だった。ビシッと決まったダブルのスーツに紺色のネクタイがおしゃれな感じだった。白いものが混じった髪の毛も、渋さを醸し出している。何よりその優しそうな笑顔が印象的だった。

「君には、浦田の課に入ってもらうよ。いろいろと教えてもらいなさい」

「はい、ありがとうございます」

席に戻ると浦田さんが話しかけてきた。

「坂木君は、下の名前は弘道だったっけ?」

「ええ、そうですよ」

「じゃあ、弘道って呼んでもいいかな?」

「はぁ、かまいませんが」

「ありがとう、じゃあ弘道ってことで」

変な人だと心の中で首を傾げていた。相変わらず違和感のようなものが胸の奥にあった。まぁ慣れるしかないのだろうが。


久留米での業務のことをいろいろと教えてもらった。まずは飛び込みからのスタートになるが、それもしょうがない。

引継の話などをしていると、あっという間に昼になった。

同じ課の先輩の小南さんも一緒に、定食屋に向かった。

目のきれいな先輩だった。浦田さんと一緒に仕事をしだして2年になるという。俺よりも3つ年上だった。何でもアマチュアバンドに属していて、夜にライブなんかもやっているらしい。そう言われると、ギターが似合いそうな感じもある。

「坂木は学生時代スポーツとかやってたのか？」

野球好きだという小南さんが聞いてきた。お昼時を迎え、道路に大きな財布を持ったOL達が一気に増えた。

「いえ、何かそういうの面倒くさくて」

「そうか、面倒くさかったか」

小南さんと話しながら歩いている。浦田さんは特に口を出すわけでもなく、微笑みながら歩いて来ていた。

「渡るぞ」

そう言って道路の反対側を指差した。「はい」と言った俺は、信号が青だったので、すぐに道路に出て斜めに横切ろうとした。

ふと気付くと浦田さんと小南さんがいない。あれっと周りを見回すと、いた。わざわざ横断歩道のところにまで行って、それから道路に出てきていた。

道路をショートカットすることなくわざわざ白線を歩く浦田さん。なぜこんなに要領が悪いんだろう、この人は。

「こっちから行った方が早いですよ」

親切でもないんだろうが、無意識で口から出てきた。当たり前のことではある。

「そうだね、でも僕はこっちの方がいいと思っているんだよ。

一事は万事と言って、こういうちょっとしたことに手を抜くか抜かないか、それが人間力を形作っていくからね」

何なんだこの面倒くさい人は。効率というものを考えたことがないのか。要領が悪いにもほどがあるぞ。そう思いながら少し待ち、また後をついていった。

昼食中も、浦田さんには違和感を感じることばかりだった。「いただきます」と手を合わせる人を、社会に出て初めて見た。しかも長い。最後に軽く拍手を打ったのを見て確信した。何か宗教をやっている人だ。間違いない。こういう勘は働く方だ。

さっさと食べ終わった浦田さんと小南さんは、「いくぞ」と言って席を立った。一服したいところだったが仕方がない。何組かのサラリーマンが待っている横を通り、表通りに出た。

やはり空気が違う。前にいた北九州支店とは。

雰囲気、人。

いろいろなものがまったく違うもののように感じる。

「お二人とも食べるの早いですね」

信号の赤に立ち止まった時に聞いた。

「ん？　そうかな」

「お昼くらいゆっくりしたらいいのに」

「まぁ、そうだね。でも待っている方がいらっしゃったからね」

「待っている方？」

「あぁ、玄関の方にいらしただろう？」

「そう言えばいましたね。でも、来るのが遅かったんだから、しょうがないじゃないですか」

「うん、そうかもしれないね。でも少しでも早く食べられた方が、あの人たちにとってもいいだろう？　逆の立場だったら嬉しいはずだよ」

「そんなもんですかね」

「そうだよ」

浦田さんがニコッとした。

やっぱり分からない。絶対この人ただのお人よしだ。

こんなに要領の悪い人についていけるのか。正直不安になった。

窮屈というのだろうか、何と表現したらいいのか分からなかったが、これが違和感であることだけは間違いない。


事務所に帰った後、しばらくパソコンに向かっていた浦田さんから呼ばれた。

「この加藤様のところに行ってくれないか？」

浦田さんに一軒のお客のデータを渡された。加藤と書いてある。いったい何だろう？

「何ですか？」

「ご紹介でお問い合わせを頂いているお客様なんだ。このあたりのエリアは、弘道にお願いしたいので、行ってくれるかな？」

「はぁ」

紹介で問い合わせ？　あまり聞かない感じだった。

とりあえず転勤したてでやることもないし、早速出掛けることにした。

鞄を手に取り、「いってきまぁす」と言った時だった。

「いってらっしゃい！」

作業の手を止めた支店の人たちが、一斉に声を掛けてきた。こっちが圧倒されてしまうくらい。

「いって……きます」

恥ずかしいような気すらした。不思議な感じだ。

やっぱり変だ。


でも、心地良かった。


出てしばらくした時に、それに気が付いた。

営業という競争の世界に、心地良いという気持ちが生まれる瞬間があるとは……。

戦場といった感じだった。北九州支店にいた3年間。

足を引っ張り、引っ張られ。

とにかく自分自身がどう生き残るかばかりを考えていた。

ほかの営業が取ってきた注文書を見るたび、いつもうらめしく思っていた。

北九州支店では、情報の共有なんてまずありえなかった。どれだけほかの営業に隠しながら情報を仕入れ、自分の業績につなげていくか、それしか考えてなかった。

3年で3人が辞めた。営業とはそういう世界なんだろう。俺も生き残れなければ同じ道を辿るだけだ。

効率を求め、成果を求める。それだけを考えていた。


「それでは後日ご連絡差し上げます」

玄関を締め、小さくガッツポーズをした。

ついてる。

転勤して一日目で、浦田さんにもらったお客から見積りの依頼があった。そのまま決めそうな雰囲気もある。あの人もお人よしだな。自分で行っていれば、契約出来ただろうに。

昔からツキだけはあった。何かにつけてそれを実感していた。やっぱり出来る男はこうじゃなきゃな。

すれ違うサラリーマン達。肩を落としてどうした？　俺のツキを少しでも分けてやろうか。そう思いながら帰途を急いだ。

「ただいま帰りました」

首から上だけ前に出し、恐るおそるドアを開けた。出かけた時のインパクトが大きかったからだろう。

「おかえりなさい！」

支店のあちこちから声が返ってきた。やっぱりすごかった。前に伸びていた首が一気に後ろに下がった。

肩を竦めながらデスクに戻った。居心地が良いのか悪いのか分からない。なぜか気持ち悪さといってもいいような感覚が残っていた。

浦田さんに報告すると、変な答えが返ってきた。

「せっかくのご縁だ、とにかく喜んで頂こうね」

何を言っているんだ、この人は？　ここは営業の世界のはずだろう。必ず決めろとか、いつクローズをかけるのか？　とか聞かれると思っていた。前はそうだった。

そして、決めるためにどうしたらいいかという指示が出ていた。

そういうものだと思っていた。

なのに、期待とは１８０度違う答えが返ってきた。

正直、不安になった。

この人こんなんで本当に大丈夫なのだろうか……。


ジメッとした日だった。

朝から雨は降らないものの、いつ降ってもおかしくない、そういう天気だった。雨が俺を気だるくさせる。それでも打ち合わせだ。行かなくてはならない。

例の加藤様のところに見積りを持って行った。

今日決めてもらおう。事務所の奴らが俺をうらやましがる、そんな光景が目に浮かんでくるようだ。

応接間に通された俺は、口早に見積りを説明しクロージングをかけた。すぐに決めてくれるだろう。そう思っていた。

「少し考えさせて頂くわ」

「え？」

当たり前に決めてくれると思っていたところに思いがけない返事。ちょっとこめかみのあたりがピクッとした。

「いろいろと検討したいので」

「検討とおっしゃいますと？」

即座にそう返した。加藤様の口から少しため息が漏れたような気がした。

「いろいろです。安い買い物ではないでしょう。即決は出来ませんわ」

「確かにそうかもしれませんが、先日もこのメリットをご納得頂いた上で、今日の見積りを見て頂く約束になっていたじゃないですか？」

語調が強くなっていた。冗談じゃない。そんなの理屈が許さない。

「そうかもしれませんけど、いざお金を出すとなるとね。いろいろ考えたくなるでしょう？」

「そうは言っても約束が」

「とにかく時間をください。こちらから連絡しますから」

「ちょっと、待ってください」

後は聞いてもくれなかった。かたくなに固辞された。

何なんだ？　何があった？

加藤様の家を出た後も、ひたすら考えていた。筋道を立ててクロージングをした。メリットが一番伝わるように。どこにも隙はなかったはずだ。すべてがストーリー通りだった。断る理由なんてどこにもないはずだ。


しばらく考えて、もう一度加藤様に電話をしてみた。

「先ほど検討するとおっしゃったのは、他の会社も、ということなのでしょうか？」

「そういうことになりますかね」

「違いをもう一度ご紹介させて頂けませんか？」

「またこちらから連絡しますから」

そう言って切られた。

電話を持ったその手を思い切りどこかにぶつけたくなった。奥歯がきしむ。すれ違いそうだったおばさんが俺を遠く避けて通った。

その場にたたずんだ後、鼻から大きく息を吐いた。

まぁいい、こんなことはよくある。所詮選ばないんだったらお客じゃないんだ。そう、もともとお客じゃなかったんだ。そう考えながら、いきり立った心を落ち着かせた。

「弘道、ちょっといいか？」

浦田さんに声を掛けられた。夕方事務所に戻ってすぐだった。

「どうかしました？」

「あぁ、今日の打ち合わせの加藤様、何かあったか？　ご紹介頂いたお客様からお叱りのお電話を頂いたんだけど」

「え？」

「強引に迫ったりしたのか？」

ギクッとした。クロージングが少し強引だったのか？

「あれを強引と呼ぶんでしたらね。そんなことはないと思いますけどね」

頭の右上の方を掻いていた。

でも、決めないんだったらどうせ時間の無駄なんだし。心の奥からそんな声が聞こえてきた。

「ちょっとお詫びに行ってくる」

そう言ってカバンを持った。

「あの、俺は行った方がいいんでしょうか？」

浦田さんはこっちを見ないままで、少しの間があった。振り向くと、

「いや、いいよ。僕だけで行ってくるから」

そう言い、丁寧に事務所内に礼をして出ていった。

行かなくていいというのなら行かなければいい。そう思いデスクに腰かけていた。遠くの方で、電話の着信音が鳴っているような、そんな感覚に包まれていた。

「どうかしたのかい？」

肩を叩かれた方を見ると、智博さんという先輩が微笑んでいた。

背が高く色黒の智博さんは、体育会系のようでありながら、しゃべってみると物腰が柔らかい。

浦田さんとは別の課の課長さんだ。

何でも、浦田さんと一緒で、久留米支店が出来た時からの古株らしい。

「いえ、何もないです」

「何だ、可愛げがないな。若手はそんな時はありのままを言えばいいんだよ。まぁ、僕も警戒されているんだろうけどね」

「警戒だなんて」

でもまぁ、近いものがあった。相手の実力も分からないうちから仲良くなりたくもない。

俺にとってメリットがあるかどうかも分からないのに。

「まぁ、しょうがない。力になれる時があったらいつでも声を掛けてよ。

勝手にこんなことしたら、浦田さんに怒られるかな?」

そう言って、握手を求めてこられた。

変な人だな。何か変な人が多いぞ、この支店は。

とりあえずその手を握り返すと、ニコッとした智博さんは俺の肩を軽くたたき、奥の席に戻っていった。

違和感。場違いなのか、俺は。言葉に出来ないモヤモヤが包んだ。

「じゃあ、あまり遅くならないようにな」

支店長の白沢さんが、残っている一人一人に声を掛けていた。

肩に手を置き、微笑み、優しく声を掛けるその姿は、まるで父親のようだった。

以前いた支店では見ない光景ばかりだった。

やっぱり居心地が良いのか悪いのか、俺にはまだ分からなかった。

ただ一つ言えることは、声を掛け合うその雰囲気が、以前いた場所のそれとは大きく違うということだった。

北九州の支店で声を掛け合うといったら、プレッシャーの掛け合いしかなかった。後は罵倒といじり。おとなしい営業なんかは、声を掛けられないように小さくなっていた。

それに比べてここはなんだ。

励まし合ったり、声を掛けあったり、ねぎらい合ったり。

ただの甘ちゃんの集まりと言ってもいいようだったが、それをすべて否定する気にもなれなかった。


その時、浦田さんから着信があった。

「はい、坂木です」

「浦田です。まだ事務所？」

「えぇ、事務所です」

「そうか、今お詫びにいって話が出来たから、今日はそのまま帰るよ。明日の朝、少し話をしよう。弘道も今日は早めに帰りな」

「はい、お疲れ様でした」

お叱りと言っていたから、小言を言われたんだろう。

でも電話の感じだと、たいしたことは言われなかったのかもしれない。


これを寒の戻りというのだろうか。もうコートを着ていない俺には、少し寒く感じる夜だった。

コンビニで弁当を買って、宿にしているウィークリーマンションのドアを開けた。マットレスの上の布団が無残に蹴飛ばされている。

部屋にあるのは、寝床とテレビ、そして持ってきたスーツケースと60cm四方の小さな机。マンションに引っ越すまでの辛抱とはいえ、殺風景な部屋だった。

机を近くに寄せ、壁を背もたれに腰かけた。灰皿をたぐりよせ、口にくわえたハイライトに火をつけた。テレビから聞こえてくるバラエティ番組の乾いた笑いは、頭の奥までは届かず、耳鳴りのように鳴り響くだけだった。

窓を見た。ガラスの向こうにいる男が眉間にしわを寄せている。何をにらんでいる？

吸い込んだ煙を吹きかけると、向こうの男もまったく同じしぐさをした。

何かが違う。

そしてそれには俺自身も含まれている。

冷蔵庫からビールを取ってきて一気にあおった。そしてもう一度窓を見た。

向こうの男の眉間にはまだしわが寄ったままだった。


入社した時の上司と3年間一緒だった。俺についてこいという感じの男だった。

北九州に支店を出す。その最初の年に配属になった俺は、立ち上げを任されたこの男について行った。

厳しい男だったが、そういうもんだと思うようにしていた。

技術と効率を叩き込まれた。いつも出来ないことを反すうさせられ、レポートを書き、出来ないことは休日を使って、徹底的に出来るまでやらされた。

書類が飛ぶことなんて日常茶飯事だった。バラバラになった紙を拾い集めながら、奥歯を噛みしめる毎日だった。

戦場。

そうだ、俺は営業の世界を選んだんだ。ここは戦いの場。生きるか死ぬか。そういう世界に足を踏み込んだんだ。

同期と一つ下二つ下と、一人ずつが辞めていった。俺は絶対に生き残る。それしか頭になかった。

2年間、徹底的に技術をこの男から盗もうとした。何をしているのか、どうお客を説得しているのか、その技術を身に付けるのと契約が取れるのが、正比例のようになっていった。

営業はテクニックだ。

俺の中にそういう確信が生まれつつあった。

少なくともここに来るまで、俺の中では確信だった。

第二章

「 利益 」

利益とはお客様から頼むぞと預けられたもの

次の日の朝、事務所につくと、先に来ていた浦田さんは少し淋しそうな表情をしていた。挨拶をする。顔を上げて静かに言った。

「おはよう、ちょっといいかい？」

そう言って、奥のミーティングルームに通された。他の所員には会話が聞かれない場所だ。

「昨日の加藤様だけど、ご紹介者様に苦情をおっしゃられたみたいだったよ」

「苦情？」

右の眉だけ上げながら聞き返した。

「あぁ、聞いていたようなサービスは受けなかったって」

「サービス？」

「問題解決というよりも、会社の都合で、早く決めてくれというように迫られた。そんな風におっしゃっていたよ。いったいどうしたんだ？」

「どうもこうも、最短で決めれるようにクロージングをきっちりかけただけですよ」

「最短？　決める？　どういうこと？」

「え？」

何を言っているんだ。そんな当たり前のことを言わなければならないのか。イライラが募った。

「だから、効率よく決められるように……」

「弘道、効率ってどういう意味だ?」

浦田さんの語調が強まった。何だ? 何か気に障ったのか?

「効率は効率でしょう。少しでも早く成果を上げるために、という意味ですよ」

何かを言おうとした浦田さんが、それを飲み込んだ。

ゆっくり息を吐き出した後に、静かに言った。

「それは君個人の営業のやり方なのか? それとも、以前の支店でそういう教育を受けたのか?」

「え?」

「どっちなんだ?」

憐み……。そういう目だった。物語らぬ目で、淋しさのようなものを語っていた。

「え……。当然教育もされましたし、俺自身もそう思っています」

しばらくの沈黙があった。

浦田さんは、もの悲しそうに遠くを見ているだけだった。

何か言うなら言ってくれ。この時間がもったいないと、そう思っていた。

「そうか、やっぱり『心技体』なんだな」

「え？」

「弘道、もしかして君はテクニックでお客様を説得出来る、そう思っているんじゃないか？」

「テクニックで説得？　当然出来るでしょう。お客を説得出来るかどうかは、テクニックにかかっている、そう思っていますよ」

その答えを聞いた浦田さんは、またさっきのような眼をした。

「君はテクニックで加藤様にクロージングをかけたんだね」

「はい、その通りです。何がまずいんでしょうか？」

しばらく目を閉じた後、浦田さんは手帳を手に取った。

「こんな言葉を知っているかい？」

そう言って、中から一枚取り出した。

そこには真っ白なハガキに書かれた、力強く見事な筆文字があった。

テクニックは損得の心で利用するのではなく、善悪の心で活用すべきものだ

永業塾塾長

「いえ、何ですか？　これは」

「技術はあくまでマナーなんだ。お客様との会話を円滑に進めるためだけのね。そのテクニックを使って、お客様を説得しようとか、ましてやイエスを取ろうとするものでは、決してないんだ」

「どういうことですか？」

「今は分からないのかもしれない。いずれ分かる時が来るよ。だからそれまでこの言葉を覚えておいてくれないか。この意味が分かる時まで」

「はぁ」

ハガキを手帳にしまった浦田さんは、「よし、やるか」と言って俺に向かって微笑み、そしてデスクに戻っていった。

何なんだろう。やっぱりよく分からない。

そういう感想しか俺の心には残らなかった。

それよりさっきの筆文字って何だろう。

浦田さんがやっている宗教か何かのものなんだろうか？

デスクに戻ってからは、浦田さんはいつもと同じように接してくれていた。

大勢の前で罵声を浴びせられる。

そういう光景をここにきてまだ見ていない。そういえばとふと不思議に思った。確かに変だ。以前の支店では、罵声が飛ばないというのは、３日続くことはなかったのだから。


２週間。

違和感の中で営業をした。

久留米に来てからというもの、注文が取れないどころか、アポすら取れない日が続いていた。取れたアポもまったく続かない。

もしかして俺の営業テクニックが、この地では通用しないのか？　いや、そんなことあるはずがない。市場が良くないのか？　それにしては久留米支店の成績はいい。

何か迷路に入り込んでしまったような、そんな感覚にとらわれていた。

いつも声を掛けてくれるものの、浦田さんから決めるための指示が出ることはない。出るのは、「どうしたらそのお客様のお役に立てるだろう？　喜んで頂けるだろう？」そういう問いかけばかりだった。正直物足りなかった。もっと具体的に指示を出してほしい。決めるための指示を。そう思っていた。


今日も同じような問いかけを残し、浦田さんは出て行った。

昼のチャイムが鳴った時、たまたま智博さんと目があった。

「一緒に昼飯に行こうか」

「ええ」

事務所の中に営業は俺と智博さんだけだった。


冬が舞い戻ってきたかのように、風が強く寒い日だった。

あっちだと言われながら連れていかれたのは、お茶漬け屋さんだった。

角にあるそのお店には、大きな看板がかかっている。

中に入ると、厨房にはおばあちゃんが一人。「いらっしゃい」と高めの声で言われた。

小さい頃亡くなったおばあちゃんを思い出した。

「鯛茶を二つお願いします」

智博さんは、大きな声で注文した。「はい、鯛茶ね。ちょっと待っててね」そう言ったおばあちゃんは、カウンターの向こう側で見えなくなった。

「鯛茶、うまいんですか？」

「あぁ、うまいよ。名物だ」

そう言いながらお茶をついでくれた。昔、ソフトボールの試合の時なんかにあったお茶の容器。直径40㎝ほどの円柱形でプラスチック製だ。下の方にあるボタンを押してお茶を出す。懐かしい感じがした。

「どう？　もう慣れた？」

「ええ、慣れたと言えば慣れたんでしょうか……。違和感は感じますけど」

「違和感？」

「浦田さんって、何か変な感じですよね」

「変、というと？」

「何か、もっとイケイケの感じだと思っていたけど、拍子抜けしちゃうような感じで」

「どういうこと？」

「前の上司は、どう決めるのか、具体的に指示をくれましたし、テクニックも見せてくれました。俺がそれなりに実績あげられるようになったのも、その上司の指示があったからかもしれません。まぁ結局あの人は、俺の実力が怖くなって転勤させたんでしょうけどね。

でも浦田さんからは、いつも『お客様のために何が出来る？』と聞かれるだけで、決めるためのテクニックや指示といったものはないんですよ」

「決めるため……か。そういうスタンスの指示は一生ないだろうな」

「え？」

「こちらの都合というスタンスは、あの人には、というか久留米の支店にはないからね」

「どういうことですか？」

「決めるために何かをするんじゃなくて、お役に立って、問題解決のお手伝いをした先に、初めて利益を頂ける。利益とは、ありがとうの総量なんだ。

それが任せて頂く僕たちの仕事だと、みんなが思っている」

何を言っているんだ、この人は。

営業は契約を取ってきてなんぼの世界なんじゃないか。いらだちを隠せなかった。

「そんな甘いこと言っていて生き残れるんですか？」

「甘い、本当にそう思うのかい？」

智博さんがニコッとした。

余裕。そういうことなのだろうか。その目にまた語気が強まった。

「俺は甘っちょろいと思いますよ。だってそうじゃないですか。所詮、会社って利益を出してなんぼでしょう？」

「あぁ、そうだよ。でもその利益って何だか考えたことあるの？」

「利益が何だか？」

眉間にしわが寄った。何が言いたい？　イライラしていた。

「そんなの売ったら売っただけ得られるものに決まってるじゃないですか？」

智博さんは目をまっすぐに見た。

「それは利得だよね。

君が言っているものは、お客様から預けられるものではなく、お客様から奪うというものだろう？」

「え？」

何を言っているんだこの男は？

「利益とはお客様から頼むぞと預けられたものなんだ。自分の能力や資格をもとに奪うものでは決してない。こちらの意思でもらうものでもないんだよ。だからご利益《りやく》とも言うだろう。預けて頂くものなんだよ」

「預けて?」

「そうだ。利益というのは、仕事の価値以上のものを頂くから得られるものだろう? だって10の仕事で12のお金をお預かりする。その差の2が利益だ」

「そりゃそうでしょう。そうじゃなきゃ誰も仕事なんてしないでしょう?」

「いや、そうじゃない。10の仕事には10のお金を頂くのが本来の姿だ」

「え?」

「等価交換。それが物々交換のあるべき姿だ」

何だ? どういうことなのか、理解するのにしばらく時間が必要だった。

「それにも関わらず、プラスアルファのお金を預けて頂く。これが利益なんだよ」

「はぁ」

「しっくりきていないかな。僕はこういうことを浦田さんから教わった。営業としての心を一つずつ教わっていったんだ」

智博さんがまっすぐ見つめてきた。

「あの人はまったく売れない営業だった。僕もそうだった。そして自分のことばかりを考える人間だった。

でも、ある人の言葉と出会い、想いに触れ、少しずつ変わっていったんだ。師と呼べる人たちに導いて頂き、そうやって僕も今がある。

坂木、君もそういう出会いがいずれあるはずだよ。浦田さんと宮下部長のような、そして永業塾塾長とのような出会いが……」

えいぎょうじゅくじゅくちょう。そう聞こえた。

「塾長……？」

「あぁ、ごめん。分からないよね。永業塾塾長といってね……」

「もしかして、永業と書くんですか？」

そう空気に右手の人差し指で書いた。

「そうだよ。なんだ、もう浦田さんから聞いているのかい？」

「いえ、聞いてはいないのですが……。ハガキを見せられました」

「あぁ、筆文字？」

「はい」

「そうか。で、浦田さんはなんて？」

「何も。ただ、いずれ分かる時が来るから、それまで覚えておいてくれと……」

智博さんがニッとした。

「浦田さんらしいな。じゃあ、僕の出る幕じゃない」

そう言って微笑んだ。

俺には一つも分からなかった。

「いずれ分かると浦田さんが言ったんだ。それを信じていればいいよ」

お茶漬けが運ばれてきた。海苔の上にわさびがこんもりと乗せられている。智博さんはそれをすべて溶かして、一気にすすった。

俺もそれに倣った。鼻からわさびの辛みが眉間にまで通ってきた。そしてうまみに変わった。


無言で出て行こうとする俺の後ろで、「ごちそうさまでした。おばちゃん、おいしかったです。ありがとうございました」とお礼を言う智博さん。やっぱり変な人だ。

「何であんなに丁寧にお礼を言うんですか?」

「え?」

信号で立ち止まった時にふと聞いた。

「何でって、頂いたからじゃないか?」

「でもお金を払ったんだから、そんなの当然じゃないですか?」

俺の言葉を聞いた智博さんは、目を上の方に向け少し微笑んだ。

「そうかもしれないね。でも、お金という概念に縛られているからそんな感覚になるんじゃない?」

「概念、ですか?」

「お金を払ったら偉いんだろうか。

そうじゃないよね。あのお茶漬けだっていろいろと準備があるだろう。一から自分で作ったことを考えてごらんよ。どれだけ時間があっても足りない。そういう手間をかけて、僕たちの前に出してくださったんだ。対価としてお金は払ったけど、ありがたいことだと思わないか?」

「でも客として、お金を払うからにはそれなりの対応を求めて当然なのではないでしょうか?」

当たり前のことを言っている。そういう思いしかなかった。

「もしかして、坂木はお客様からそんな態度で接せられていないかい?」

「え?」

ドキッとした。

確かに。お客はいつも金を払っているんだからという態度でいる。でもそういうもんじゃないのか。

「図星かい？　でもそれではつらくない？」

「つらい……。そんなこと考えたこともなかったです」

突然智博さんがかがんだ。

落ちていた紙くずを拾い、スーツのポケットに突っ込んだ。

「人は与えたものが必ず返ってくる。

喜びを与えたものは喜びが返ってくる。そして苦しみを与えたものは苦しみが返ってくる。

今目の前にあるものは、すべて自らが人に与えたものなんだ」

お題目のように言った。

「何ですか？　それ」

「この世の法則、とでもいうのかな」

「宗教か何かですか？」

「ははっ、それがカルトという意味だと違うんだけど。

でもこの言葉の通りだと感じることに、浦田さんや僕はよく出会っている。

自分自身が客の立場の時に、どういう態度で接しているか。それがそのまま僕たちがお客様から受ける態度に繋がっていく。それを計算ではなく、純粋に思えば思うほど、不思議と鏡写しのようになっていくんだ。

だから、お客様は僕たち自身なんだよ」

ニコッとして歩き出した。

変なことを言う人だな、と思った。

でも前を向いて堂々と歩くこの人の背中は、北九州にいた時に追っかけていた人の背中とは雰囲気が違う。それだけは感じていた。

第三章

「 後悔 」

いつもお客様の側に寄り添える、それが営業の生き方

「分かりました。すぐに行きます」

北九州からの電話だった。「ったく」受話器を置く。

工事クレームだった。

またか。工事に入るとクレームをもらう。そんなのは慣れっこだった。

「弘道、大丈夫か？」

電話の内容を察したのだろうか。浦田さんが声を掛けてきた。

「大丈夫でしょう。とりあえず行ってきます」

そう言って事務所を出た。

遠いとはいっても、新幹線に乗るとすぐだ。九州新幹線。開通してくれて本当に助かった。


北九州の事務所に着くと、すぐに工事の担当のところへ行った。

「何があったんですか？」

頭を掻きながら振り返ったその男は、俺を睨みながら言った。

「お前、転勤したこと言ってないみたいだな」

「ええ、それがどうしたんですか？」

「どうしたじゃないだろ。俺が怒られちまったじゃないか」

「なぜです？」

「聞いていたのと違うってな。事務所にかけてもお前がいないし、お客も逆上しちゃってるよ」

「そんな、転勤なんて会社の命令なんだからしょうがないじゃないですか」

「まぁ、それにしても俺だけじゃラチがあかないんだ。一緒に来てくれ」

はじめから行くことになるとは思ってはいたが……。面倒くさい。何でこの工事担当は一人で解決しないんだ。工事に入ったら、お前たちの責任だろう。ハイライトに火をつけた。三度吸い込んで、灰皿でもみ消した。


小倉の町が見渡せる高台の住宅街。いつ来ても気持ちが良かった。吹き上げてくる風が頬をなでる。

武藤様の家は、その吹きおろし側にあった。夜景がきれいなんだろう。最初に来た時にそう思った。

インターホンを押すとすぐにご主人が出てきた。俺の姿を認めると、おもむろに言った。

「坂木君、転勤していたらしいね」

眉間にしわを寄せたまま、威圧的に言われた。

「はぁ、すみません。何かと忙しかったもので、お伝えする暇もなく……」

「暇がない、それが客に対する態度か！」

2軒くらい隣まで聞こえるくらいの怒声だった。

「態度、とおっしゃいますと」

「その態度だよ。お前、客を客と思っているのか！」

こういう客はしばらく怒らせておくしかない。怒ることに飽きるまで、とりあえず耐えることだ。

頭を下げたまま、罵声を浴び続けた。

20分ほど経った、その時だった。

「武藤様、ちょっとよろしいですか？」

突然後ろから声がした。振り向く。そこには浦田さんが立っていた。なぜ浦田さんがこんなところに。ちょっと理解が出来ずにいた。

「何だ、お前は？」

「坂木の上司の浦田と申します。久留米から参ったもので、遅くなってしまいました。申し訳ございません」

「久留米から？」

浦田さんは俺の横を通り、名刺を差し出した。

「坂木がご迷惑をかけてしまったと伺っています。申し訳ございません」

「お前が上司か。こっちはこいつのおかげで迷惑してるんだ。いったいどうしてくれるんだ？」

「ありがとうございます。申し訳ございませんが、私に直接教えて頂いてもいいでしょうか？」

「ありがとう……？　まぁ、いいよ。じゃあ、せっかくだから言わせてもらうけどな。こいつの説明を信じて工事を依頼したら、全然違うものを持ってきやがった。しかもその非を認めようともしないで、それを引き取らせようとしやがる。しまいにゃ追加料金だとぬかしやがった。いったいどうなってんだ、お前んところは？」

「はい、ありがとうございます。依頼したものと違うものが施工されたということですね。しかも追加で料金を。それはあまりにもおかしいと思ってらっしゃるわけですね」

「お……、おう。そういうこっちゃ。どういうことや浦田さん」

「確かに、それはおかしいと思われるのは当然だと思います」

「そうやろ」

「はい、しかもそれを相談しようにも、担当がいなくなって……」

「そうなんや、事務所に電話したら、知らんうちに転勤しとるなんて言いよる。そんな無責任なことあるかい？　なあ」

「そうですよね。頼るべき相手が目の前からいきなり消えてしまうというのは、不安が一気に膨らみます」

「よく分かってくれるやんか。そういうことや。おかしいやろ」

「確かにそうです。一番近くで寄り添える担当に、武藤様もお任せ頂いたのでしょうから」

「そうや、こいつのことを信じとった。こいつが言うことを信じとった。だから任せたのに……」

次第にご主人の語気は弱くなり、目に涙を浮かべるようになった。

「武藤様も言いたくもないことを言ってくださって……。本当にありがとうございます」

深々と頭を下げた。

「いや、俺も言いたいこと言ったらすっきりした。浦田さん、後のことはしっかり頼んでいいか？」

「はい、お任せください。ありがとうございます」

そう言って、もう一度深々と頭を下げた。


助かった。浦田さんがなぜ来てくれたのか分からないが、ややこしくなる前に収めてくれた。これでやっかいごとが一つ片付いた。

それにしても、なぜご主人は許してくれたんだろう。そのコツが知りたくなった。


久留米の事務所に戻った時に、浦田さんに聞いてみた。

「浦田さん、さっきはありがとうございました。助かりました。あのクレーム処理の技術、今度教えてくださいよ」

下を向いていた目が俺を射抜いた。今まで見たこともない鋭い目つきだった。

「弘道、ちょっと奥に行こうか」

小さく低い声で促された。周りには聞こえなかっただろう。威圧感のようなものを浦田さんからはじめて感じた。

何か気に障ったのだろうか。促されるままに、ロビーに出た後、打ち合わせ室に入った。

奥の席を促された俺は、ソファに腰かけた。

「弘道、さっき何て言った？」

「え？　あぁ。クレーム処理の技術を教えてほしい、そう言いました」

「クレーム処理、技術。

今日の武藤様のところで君が学んだのは、そんなことなのか？」

浦田さんがまたあの目をした。もの悲しそうなあの目だ。

「何が言いたいんですか？」

「弘道、君は武藤様の心の叫びが聞こえなかったのか？」

「心の叫び？」

「そうだよ。武藤様は文句を言いたくておっしゃったと思っているのか？」

「そりゃあ、ああいうクレーマーみたいな人はいますからね……」

「クレーマーだなんて言い方はするな」

俺の言葉が終わらない間に、浦田さんが強く言った。

キョトンとする俺に、はっきりと言った。

「苦情を言いたくて言っている方がどれほどいらっしゃると思う？　武藤様がおっしゃったのは、クレームでも何でもないぞ。助けてほしいという声じゃないか」

「声？」

何を言い出すのだろう。

「僕たちの会社にリフォームを依頼される方が、最初から文句を言うために高いお金を預けてくれた、そう思うか？」

「え……」

「お金を僕たちに預ける時、裏切られることを期待しているお客様がどれだけいらっしゃる？」

「それは……」

「お客様は、いつも不安なんだよ。任せて大丈夫なのか、決断に間違いはなかったか。一生懸命働いて稼いだお金を、家族のお金を、僕たちに『頼むぞ』って任せてくださったんだ。違うか？」

何だろう。

浦田さんの言葉が心に直に突き刺さってくる。

「それをちゃんと分かって、いつもお客様の側に寄り添える。それが僕たち営業の生き方なんじゃないか？」

目を射抜く浦田さんを正視出来なかった。

テーブルに落とした視線。しかしテーブルを見てはいない。

ぼんやりと見つめた先に、契約の時、書類に印鑑を押す武藤様ご主人の顔が浮かんできた。

笑顔のようにも見えるし、不安そうにも見える。期待、怖れ、責任、そういういろいろな感情がある目。それが俺を見つめていた。

「信じていた、武藤様はそうおっしゃっただろう?」

「はい」

「あの言葉を発した武藤様は、本当にクレーマーとして君の目に映るのかい?」

口を開くことが出来なかった。

胸の中心がぐっと締め付けられる。奥歯を強く噛みしめていた。

その時、右の目尻から頬の辺りを何かが走った。人差し指で触った。透明な液体。

涙だった。

「あれ?」

正面の浦田さんを見上げると、左の頬にも筋が通った。

「何で……?」

止めようにも止まらない。後から後からそれが連なっていった。

「心はちゃんと分かっているんだね」

浦田さんの声が耳の後ろの方から聞こえた気がした。


落ち着くまで浦田さんは待ってくれていた。

「浦田さん、俺は何をしてきたんでしょう？」

弱み。そういうものは会社では見せないものと思っていた。競争の世界で弱みなんて見せられない、そう思っていた。口からふと出てきた言葉が、そういう類のものだったと、その時気付いた。

「どういうこと？」

「あ、いや……。何でもないです」

「弘道、いいんだよ。遠慮なんかいらないんだ。君が君自身で整理をする、そういう時が迎えに来たんだよ」

「時？」

「そうだ。自分自身から逃げずに向きあってごらん」

そう言って優しく微笑んでくれた。

少しでも多くの利益を上げることが営業としての使命だと思っていた。その為に、効率よく契約を取る。それには技術が必要だ。そう思っていた。

契約がすべて。

だから少々騙したとしても、ごまかしながら工事を完了させればそれで良かった。

顧客満足。

そういうフレーズは前の支店でもよく耳にした。あの上司も使っていた。でもそれは会社の利益があってこそのもの、そう感じていた。

お客側の想いなんて考えたこともなかった。


信じていた。

武藤様はそう言った。

俺のことを。

テクニックでごまかそうとするような男のことを。

信じていた。

そう言った。

過去形。
信じている、そう言わない意味も感じた。
何で俺のことを信じてしまったんだ。信じさせてしまったんだ。
なぜ信じてくれたことに応えることが出来なかったんだ。
信じたままでいさせられることが出来なかったんだ……。

後悔が俺を包み込んだ。

時が止まっているようだった。
目の前にいる浦田さんと俺、そして斜めから俺を見つめる武藤様。
音すら遮断されたようなその空間が、俺自身に問いかけ続けた。
信じていた……。
その声は次第に多くなっていき、次々にお客の顔が、そして視線が増えていった。
別のお客が浮かぶたびに、胸に後悔のくさびが打ち込まれていった。

なぜ……。

頭を抱えてしまった俺の肩に手をかけ、浦田さんは部屋を出て行った。
何も言わず、テーブルの上に一枚のハガキを残して。

苦しみや悲しみの多い人こそ神様に愛されている

永業塾塾長

第四章

「素直」

素直さがあればどんなことからも学ぶことが出来、
成長にブレーキをかけない

休みの日。

俺は武藤様の家の玄関にいた。なぜか分からないが、行かなければならない、そういう思いが俺を動かした。

高台から見下ろす街並みは、以前と変わらない整然としたものだった。海近くの工場の煙突からは、白い塊のような煙が立ち上っている。

インターホンの前に立つ。唇を噛んだ。ボタンがなかなか押せなかった。何を。そんな問いがいくつも俺の中に浮かんでいた。

もう一度街並みを見下ろした。息を吐く。ボタンに人差し指を近づける。

「あれ?」

背後から声がした。

振り返る。仕事着に身を包んだ武藤様が立っていた。

「坂木君、どうしたの?」

「いや、その……」

目線を落とした俺に、優しく言った。

「まぁ、入りなさい」

そう言って、ニコッとした。

「ちょうど帰って来たところなんだ」


促されて応接間に入った。

出して頂いたお茶に向けていた視線を左手に移した。

「武藤様、先日は……」

ご主人の顔が見れなかった。手元に視線を落としたまま、力なくしゃべっていた。

「坂木君」

力強い声に思わず視線を上げた。

「そうだ。男が話をする時は、目を見て話すもんだ」

「はい」

唇を固く結んだ俺を見て、優しくうなずいた。

「突然すみません。実は、自分自身なぜここに来たのか分からないんです。ただ、この前来た時からいろいろ考えて、それで……。なんとなくこのままじゃいけないって。気付いたら玄関に立っていたんです」

俺らしくない。自分でそう思った。こんなことを口走るような、そんな男じゃなかったはずだ。

「帰った後、上司に叱られたんです。それはミスとかそういうことに対してではなく、自分の考え方に対してでした。叱られながら、何て言うか、武藤様に申し訳ないというか……。そういう気持ちが湧いてきたんです。正直、今までこんなことなくて」


黙って聞いていた武藤様は、静かに口を開いた。

「この場所はね、家内が気に入ってね」

そう言って庭の方に目をやった。エゴノキが瑞々しい葉っぱをいっぱいにつけ、夕方の日差しで道路の方にまで影を伸ばしている。

「二人の娘たちと4人で、夜景を楽しみながらバーベキューをしたんだ。わざと電気もつけずにね。炭の明かりと見下ろす街の夜景と見上げた月明かりと。今思い返すと、それはもう素晴らしい思い出だ」

口に含んだお茶を飲みこんだ。のどぼとけが上下に動いた。

「あれから20年。今はもう嫁に出した娘たちとの思い出がこの家には詰まっているんだ。もう帰ってはこないあの時間が、ここには刻み込まれているんだ。

リフォームは家内のために思い立ったんだ。夫婦二人だったのが三人になり四人になり、そしてまた三人になって二人になった。家族の数が変わるのと一緒にこの家も古くなっていった。家内に何かプレゼントがしたくてね。それで思いついたんだ」

微笑んだご主人が、次の瞬間目を落とした。低い声で言った。

「反対されたんだ、リフォームをすることを」

「え？」

「家内に猛反対された。

思い出を壊したくない。そう言われたんだ。

彼女にとっては、リフォームは新しくすることではなく、過去を壊すことだったんだ」

知らなかった。そんな話があったことなんて、まったく知らなかった。

「でもね、君から言われた一言にね、僕は意を決したんだよ。『何もしないという選択肢もあります。でも、もしいずれすることなんだったら、少しでも奥様に喜んで頂く時間が長いほうが素敵じゃないですか』君はそう言ったんだ」

確かにそう言ったのを覚えている。テクニックとしてそう言った。

「家内を喜ばしたい、その思いと、壊したくないという彼女の願いを裏切ってしまうという思い。揺れ動いていた心に後押しをもらった気がしたよ。

確かにいつかはすることなんだ。だったら少しでも長く。そう思って決意したんだよ」

契約書にサインする時のご主人の顔がまた浮かんできた。

不安そうな顔。あの表情には、そういう思いがあったんだ。

「リフォームを決めた時、家内は口をきかなかった。最後は僕の独断だったからね。でも、君の言葉を信じて、やり抜こうと思った。老後のためと思っていた資金にも手を付けた。すべて彼女を喜ばすためだ、そう言い聞かせたんだ」

奥歯を噛みしめていた。

「工事が終わった後にね、家内は言ってくれたんだよ。『新婚の時に戻ったみたいですね』ってね。僕は嬉しかった。彼女が喜んでくれた、それだけでやって良かったと思った。なんだか家と一緒に僕たちの時間まで新しくなった、そう感じたよ」

「そんな中、明らかに注文と違うものが付けられていた。

それに僕が気付いた。

工事に見に来てもらったら、自分たちの非を認めるよりも、何とか利益を損なわないように、そういう姿勢が見て取れた。家内はそのままでいいと言ったし、僕自身もそう思った。だけどね、その姿勢が許せなかったんだ。

君たちに託したんだ。いや、君に託したんだよ、僕の思いを」

時計の針が動く音。それしか聞こえなかった。一定のリズムで鳴る音と共に、一つずつ武藤様の過去が俺の中に潜り込んできた。

そう短くはない時間が沈黙のまま過ぎたと感じた。俺は目を見開いたまま、何も声を出せずにいた。

お茶の残りを口にした武藤様が優しく言った。

「だからね、君にも感謝してるんだよ。彼女を喜ばすきっかけをくれたんだからね。でも黙って転勤はないだろ。寂しいじゃないか。まぁ、いいよ。今の君を見ていると、怒る気も失せたよ。何かを感じてくれたんだろう。それだけで十分だ」

頭を下げた。そのまましばらく動けなかった。

武藤様の家を出てちょっと歩いた後、邪魔をしている木々が途切れ、北九州の街を見下ろせるところで立ち止まった。

沈んだ太陽に引きずられるように、少しずつ街は夜へと向かっていった。近所の家から女の子が笑う声が聞こえる。それがあたかも武藤様のお嬢さんのもののように感じた。

空を見上げる。
視線の先に寄り添うように二つの星が輝いていた。
お互いを照らしあっているようだった。
眼下の街はどんどん夜の装いへと変わっていく。
この夜景を見ながら……。
武藤様の笑顔が浮かんできた。奥様の笑顔も。
その顔は契約の時の不安な顔に変化し、そしてこの前の形相へと変わっていった。

テクニックは損得の心で利用するのではなく、
善悪の心で活用すべきものだ

浦田さんから言われた言葉がふいに浮かんだ。
テクニック、心、損得、善悪……。何がなんだか分からなくなった。自分自身が何をやってきたのか、それさえも分からなくなってしまっていた。

入社当時は何を思っていたのだろう。ふと考えた。

たった3年前。

俺は希望に燃えていた。

希望？　どういうものだった？　心の奥から声がした。何だ？　何に希望を持っていたんだろう？　出世、利益、数字……。いや違う。そんなものを求めてはいなかった。じゃあ何を。


「あ……」

蘇ってきた。あの時の思いが。古いフィルムが巻き戻されていくように、忘れていたものが目の前に広がっていった。


そうだ。俺はあの人の問いから営業になろうと思ったんだった。

あの背中を追おうと思ったんだ。

大学生時代。関東にいた俺は大学に行きながらも、パチンコとバイトという生活を繰り返していた。

学校に行っても、高校までのように友達とつるむでもなく、講義を何となく聞いていた。周りの同級生の会話が耳につくほど幼稚に聞こえていた。サークルだコンパだと、そういう話が聞こえてくるたびに、「ガキだな」と思っていた。

バイトは割烹料理店の調理補助。結構いい店だったので、芸能人なんかも幾度か目にした。

皿洗いをしたり、まかないを作ったりと、雑用をしながらも生き生きとしていた。そのほとんどが今まで経験したことのない仕事ばかりだったからだ。何より、大人たちから教えられる経験や教訓が俺の心にたくさんの火を灯していた。

ある日、あまりカウンターに出ない俺が、ひょんなことから前に出ることがあった。カウンターの向こうのお客は、やはりそれなりのステータスのある人ばかり。緊張しつつも、いつかこうなりたい。そう思っていた。

「君は学生さん?」

隅のお客が話しかけてきた。たまに見る顔だ。

「え?　はい。そうです」

「やはりそうですか？　何年生？」

「あ、３年です」

気さくに話しかけてきた。30歳ちょっとの人だろうか。

「あ、そうしたらもうすぐ就職活動じゃないのですか？」

「はい、実はそうなんです」

その通りだった。周りはもうすでに資料請求とか、いろいろと動いているらしい。部屋の座るところ以外が企業からの書類で埋め尽くされているという話を聞いたこともある。

大学に行けば、やりたいことが見つかる。高校時代はそう思っていた。

それはただの妄想だったと、最近気付いた。

何をすべきかいまだに見つけられずにいた。

「もう志望先は決まっているのですか？」

「いえ、それが……」

「そうですか。何かやりたいことは？」

「はい……。まだ決まってないんですよ。まぁ、ビッグにはなりたいと思ってるんですけど」

「ビッグって？」

「何か大きなことが出来る存在になりたいですね」

そのお客はニコッとした。

「君は誰を幸せにしたいのですか？」

ふと発せられたその言葉が、心に衝撃を与えた。胸の中心を射抜かれた気がした。以来胸の奥にこびりついて離れなくなった。

誰を……。

「え？」

「この世の仕事は、誰かを幸せにするために存在しているんですよ。お役に立たない仕事なんてない。必ず誰かの役に立つために仕事というのは存在しています。つまり、誰かを幸せにするために、これから君は仕事をするんですよ」

「幸せに、ですか」

目の前の男の目がなぜか輝いているように見えた。気のせいだろうが、それでもそう見えた。正直眩しかった。

大人になるのが楽しみだと思ったことはなかった。いつも過去を向いていた。あの頃に戻りたい、そういう意識がいつもあった。

「私は今、営業をしています」

「営業……ですか」

「はい、そうです」

「大変ですね」

とっさにでた僕の問いに、きょとんとした。

「大変？　どうしてそう思うんですか？」

「だって営業っていったら、物を売って歩くわけでしょ。

ノルマとかもきつそうだし……」

「ビッグになろうとしている男の言葉ではないですね」

ニコッとした。ただ優しいとは違う、奥行きのある笑顔だった。

「営業という職業ほど素晴らしい職業はないと思っていますよ」

「そ、そうなんですか？」

「最後の最後までお客様に寄り添える、それが営業です。だから営業であることを、私は誇りに思っています」

はっきりと言った。

「そして私は、営業という『生き方』を貫いていこうと思っています」

「生き方、ですか」

「そうです。営業という生き方を通して、お客様を、そして次世代を幸せにしていこうとしているんです。まだまだですけどね。でも命ある限り歩み続けます。今の私にはそれだけなんです」

そう言った男が格好良かった。

「ごめんなさいね、話しすぎてしまいました。でも覚えておいてください。私と君が今日ここで会って会話を交わしたのも、きっと何かの意味があってのことだと思いますから」

帰る時の背中を見ながらかっこいい、素直にそう感じた。こういう大人になりたいと本気で思った。

そう、あの背中を追ったんだ。それが営業になった理由だった。

地元近くに帰ろうと思っていた俺は、博多本社の会社をいくつか受け、そしてこのレインボーリフォームに入ることになったんだ。

すべてのお客の希望を形に。その想いに共感した。

誰を幸せに。

あの男が言った問い。

最初、そんなことを思っていた気がする。

役に立つ、そういう思いもあったんだろう。

いや、確かにあった。


いつからだろう、そういう気持ちから離れていったのは。

上司の指示、日々の喧騒に振り回され、次第に俺の意識は変わっていった。

たとえそれが騙すことであったとしても、目の前のイエスの為にと、テクニックを磨いていった。

いつしかあの背中を見失っていた。

本物。

なぜ見失ってしまったのか、なぜ追わなくなってしまったのか。

とても説明が付きそうではなかった。


久しぶりに北九州で飲みたくなった。

季節外れのおでん。

赤い提灯が一つだけで入り口を照らし、風が影を奇妙な形に変えていた。

狭い階段を上がる。いつも思うが、かなり急な階段だ。酔っぱらった客が2度滑り落ちたと聞いている。ガラス戸を開け、暖簾をくぐって店内へ入った。落ち着ける雰囲気がそこにあった。

「いらっしゃい。おぉ坂木君、おかえり。久しぶりやね」

2ヶ月ぶりだった。久留米に転勤してから来ていない。というより、転勤したことすら言ってなかった。それでも変わらずマスターが笑顔で迎えてくれた。

多幸八のマスター、ヤッさん。

今は優しい居酒屋のオヤジだが、この店を始める以前はカタギの人ではなかったらしい。坊主頭に髭をたくわえていて作務衣を着たその風貌は、ぱっと見はいかついおっさん以外の何ものでもなかったが、実際に話してみると愛嬌たっぷりで、ニコッとした表情に安心感を覚える。

「どげんした？　何か浮かん顔ばしちょるね」

生ビールを注ぎながら顔を覗き込んだ。

生粋の九州男児で、福岡弁で喋りたおす。最初は聞き取れなかったくらいだ。

初めて来た時はまだ新入社員だった。上司に連れてこられた後、なんだか気に入ってしまって、その後幾度となく来ていた。

俺の箸が出された。この店で常連になると自分だけのものが出来る。赤い幾何学的な模様が入っている。それが俺の箸だった。

「マスター、俺久留米に転勤になって……」

「久留米、いつね？」

「2週間前……」

「前ってなんね。先に言わないかんめーもん」

マスターが怒りながら、おしぼりをくれた。

この野郎、と頭を小突くようなしぐさをした。

隣に座った伊庭ちゃんという常連さんが優しく俺を見ている。この人は毎日この店に来ているらしい。いつもニコニコとしていて、口数も少なく、店のいじられキャラだった。40歳を先月迎えたそうだが、まだ結婚はしていない。いつも早い時間に来て晩酌をして、割と早いうちに帰るのが伊庭ちゃんの生活パターンだった。

俺の顔をじっと見てニコッとした。特に言葉は掛けあわない。お互いにニコッとする。それだけで十分だと思える。

「何かあったとね？」

凍ったグラスの生ビールを差出し、優しく聞いてきた。

マスターは父親のようであり、また母親のような優しさも持っていた。早くに奥さんを亡くしたらしい。一人娘を３年前に嫁がせたそうだが、この優しさは、男手一つで育て上げた中で身に付いたものなのだろうか。

「何にもないですよ」

そう言ってビールを流し込んだ。


糸こんにゃくとがんもどきが出された。がんもは関西では『ひろうす』と言うらしい。隣の伊庭ちゃんが教えてくれた。「広くて薄いからね」と言った後の顔が妙におかしかった。がんもに汁がよく染みこんでいる。じゅわっと口いっぱいに出汁の香りが広がって、鼻から抜けていく。やはり落ち着く。それを求めてここに来たのだろう。

しばらく視線を落としながらビールを飲む俺に、マスターが声を掛けた。

「元気ないとね？」

ふいに掛けられた言葉に顔を上げた後、言われた意味を理解すると首を横に振った。鼻から息を吐き、口の周りを軽く舐めた。

「マスター、本物の営業って何なんでしょうね」

俺の言葉にマスターがニヤッとした。

「どげんしたね」

「いや、ちょっと」

「まぁ、いいたい。あまり言いたくないこともあろうけんね」

「そんなことないですよ。ただ、何て言ったらいいのか……」

視線を落とした。

「坂木君がそんな風に言うのは珍しかね」

「いやぁ」

「営業……。

うちにも営業をしよる人はよく来るばってん、何かって聞かれたら答えるのが難しかね。

でもこれが本物だって思ったことはある。

せっかくやけん一つ聞きんしゃい。昔話になるばってん……」

そう言ってビールとグラスを俺の前のカウンターに置いた。一口で飲めそうな量のグラスにビールを注いだ。

「こりゃ長そうやね、先におでんいくつかくれんね」

奥の席の村崎さんがマスターに注文した。村崎さんは出来るビジネスマン。40代のおしゃれな人でいつも笑顔を絶やさない。そしてクラウンが大好きで、2年に一度新車のクラウンを乗り換え続ける。この人が怒っているとか、酔っているとか、そういう乱れた姿を見たことがない。かっこいいとはこういう大人のことなのだろう。

村崎さんがご飯にありつけたところで、マスターが話し始めた。

「そげん長くないばってん。

俺はかたぎになってからはこの店一筋やけん、組織で営業をしたことはない。でもね、一度会ったあの人達のことは忘れられんったい」

マスターはビールを一杯口に含んだ後、極端に短い眉毛を眉間に寄せ、少し遠くを見るような目をした後、語りだした。

「もう、3年になるかね。ある団体の予約があったったい……」

営業の人たちがここに集ったようだった。

「変わった団体やったね。7人くらいやった。カウンターにずらっと並んどった。何だかんだ言った後に、奥の真面目そうな男が言った言葉に鳥肌が立ったね。

心が技術を超えない限り、技術は生かされないんだ

その人たちは、しゃんとしていてね。おしぼりを出した時も、ビールを出した時も、いつも有難そうに手を出した。客だというような威張った姿勢を見せなかった。

何だろうね、生き様って、ああいうちょっとしたところに出るんだろうね。

会社のお偉いさんだろうが何だろうが、俺は人そのものを見る。こういう水商売にいると、その辺のことがよく見えるんよ。

金を払うから。そういう態度の人も多い。でもそういう人は役職から離れた瞬間に、人がさっと引いて行ってしまう、そんな人なんよ。役職が人を引き付けていたことに気が付いていなかったんやね。人気と人望は根本的に違う。人はそういうことが自然と分かってしまうんやね。

でもあの人は違ったね。

謙虚な人だと思った。若いのにあれは、そういう生き方をしている人なんやね。

帰る時にも、食器や机をきれいに片付け、『ごちそうさまでした、おいしかったです。ありがとうございます』って丁寧に挨拶していかれたな。そうそういないよ。こういう居

酒屋であそこまで丁寧に接する人ってのは。

たいてい金を払っているんだからって横柄な態度をとったり、散らかし放題で帰る人たちばかりだ。もう当然になってしまったが、あれも考えてみれば変な話なんよ。

金さえ払えば。

そういう価値観がいつの間にか出来てしまったんだろうね。でも、本来俺たち日本人って、そんな価値観はなかったはずなんよ。相手がしてくれたことに対しては、お金が介在するとかしないとかに関わらずに、ちゃんと感謝出来てたはずなんよ。当たり前がそうでなくなってきている。だからこそ、ふつうに出来る人が目立っちまうんやろうね。本物に見えてくるっちゃろう。

営業って、お客の前だけでどうふるまうか、そんなことを考えている奴はたくさんおる。でもああいう本物を見てしまうと、途端にお客の前だけでふるまう人が安っぽいものに見えてきてしまうね」

しばらくその言葉を頭の中で反すうしていた。

そしてどうしても聞きたくなった。

「マスター、俺はどう映ります?」

グラスを口に持っていき、一気にあおった。

「坂木君、今君が想像した通りよ」

マスターがニコッとした。

やっぱりか。俺はそう映るんだ。ごまかしようがないんだな。


そのことに気付きだしていた。

薄っぺらい。

そういう表面的な営業として、本物たちには映るんだな。

小さな目を細めながら、ぎょうざ天を出してくれた。

「まだ若い。今からたい」

ニコッとした。マスターも、そして俺も。

それを頬張りながらも、意識が舌に集中することはなかった。

どうしたら、そういう本物になれるんだろう。それが頭の中を支配していた。

そんなことを考えていると、途端になぜかマスターの言うその人に会ってみたくなった。

「ところでマスター。その方には、どうしたら会えます?」

その言葉がまた眉間にしわをよせた。

首を傾げた。どうやら知らないらしい。

「あの団体さんは……、村崎が紹介してくれたんやったかね」

奥を見た。相変わらずの微笑みでこちらを見ていた。

「ええ、そうですよ。島村君のことでしょ?」

「あぁ、そんな名前やったね。島村君。いやぁ、実に見事な立ち居振る舞いやった。あれこそが営業人やね」

ニコッとした。周りをほっとさせるような優しさを持った人だと、つくづく思う。

「彼は、永業塾の塾生だったんじゃないかな」

「え?」

耳に届いた単語が頭を支配した。えいぎょうじゅく。そう言ったように聞こえた。

「村崎さん、えいぎょうじゅくって、こういう字の……、ですか?」

目の前の空気に漢字を書いた。

それを見て右の眉だけ上げた後に、フッと笑った。

「なんだ、坂木君よく知ってるね」

「知っているというほどではありませんが……」

「どういうこと?」

「今の上司から、その永業塾塾長という方の筆文字を見せられていて、それで覚えていたんです。あぁ、そうだ」

そう言って浦田さんに渡されたハガキを出した。


苦しみや悲しみの多い人こそ神様に愛されている　永業塾塾長

筆文字で書かれたそれを手に取り、ニコッとした。

「そうだよ。この永業塾だ」

やっぱりそうだ。こんなところにもつながりがあるんだ。縁の深さにびっくりしていた。

せっかくだから浦田さんには聞きにくかったことを聞いておこうと思った。

「村崎さん、これって何かの宗教ですか？」

それを聞いた村崎さんが大声で笑いだした。

「坂木君には、宗教に映るの？」

「いえ……、なんとなく。神様とか書いてありますし」

「まぁ、そう思われても不思議はないね。

宗教というのは、もともとそういう意味だからね」

「そういう意味？」

「人と獣の境界線とでもいうのかな。人としての在り方を学ぶ道のことなんだ」

「どういうことです？」

「今度は僕が長くなっちゃうな。まぁ、手身近にね」

そう言って一口ビールをあおった。

「人と獣の違いを極限まで突き詰めると、『恥』と『敬』に行きつくというんだ。そういう意味で、この二つを失くしてしまったら、人ではなくもはや獣だということらしいんだ」

ふとそれらが今の自分にあるのだろうかと考えてみた。

「それらを学ぶものが道徳であり、宗教だ。

『恥』を学ぶものが道徳で、『敬』を学ぶものが宗教なんだ。

宗教の『宗』は宗家の宗。つまり、おおもとのという意味なんだ。おおもとの教え、ということだね。何々教だとかいう宗派などは、ただの枝葉の話であって、もともとは人としての生きる道を学ぶもの、それが宗教の本来の意味だ。

山の頂上を目指して歩むこと。そのこと自体が宗教というものなんだよ。仏教だとかキリスト教だとか儒教だとかいうのは、山頂に行くための道の一つでしかない。いろいろな道があっていいからね。でも山頂を目指す。だから山頂が近づいてくると、今まで大きく離れていた道も、次第に近づいてくる。これが宗教というものの本当の姿なんだよ。カルト宗教などが出てきて、宗教という言葉自体の受け取られ方がおかしくなってしまったけどね」

「そうなんですか」

「でも、キリスト教も仏教も、最初はカルトみたいなものに映ったのかも知れないよ。戦後教育で、ＧＨＱから日本は宗教を否定された。非科学的なものはおかしいと教育させられたんだ。でもその自国では、当たり前に宗教が学ばれているんだよ。変だよね。外国に行くとね、宗教を持たないというと変人扱いされてしまうんだ。それはそうだよね、獣との境界が分からなくなっちゃうんだもんね」

そう言って笑っていた。

「村崎、さすが博学やね」

マスターも感心していた。

「いや、しゃべりすぎましたね」

そう言ってまたニコニコといつもの物静かな村崎さんに戻った。

この人の底はどこまで奥深いんだろう？　少し興味が湧いた。

「そういえば、俺もハガキ持ってるんだ」

村崎さんが分厚い手帳を取り出した。

「島村君にプレゼントされてね」

大事そうに取り出したそれには、また筆文字でメッセージがあった。

素直に勝る成長力はない　永業塾塾長

「素直……ですか」

「そうだよ。素直な人というのは、どんなことからでも学ぶことが出来、そして成長にブレーキをかけない人だ」

「ブレーキ？」

「あぁ、強情な人というのは、自我を持ちすぎているがために、それ以上成長したいという本来の欲求に、ブレーキ、つまり足かせを付けてしまうんだ」

一息ついて続けた。

「国民教育学者だった、森信三先生がこんなことを言っているんだ。

『どんな素晴らしい教えでも、相手が心を開かなければ伝わらない。それは伏せたコップの上から水を注いでいるのと同じである。まずコップを上に向けることが大切だ』

これは教育者に対して、良いことを教える前に、生徒自身に学ぶことの大切さを教えることの方が重要だということを教えているんだ。たとえそれがどれだけその生徒にとって大事なことだとしても、聞く態勢が出来てないのに一生懸命に教えようとしては、かえって逆効果ということだ。

でも、これを学ぶ側から見た場合、意外と自分がコップを伏せていて、学ぼうという姿勢が出来ていないことってあるよね。それが素直ではない時なんだ。

自我という手がコップをすぐさま逆さにするんだね。それはもう知っているとか、言われなくても分かるとか、そんなこともう出来ているよとか……。それが無意識だから怖いんだけどね。そしてどんな素晴らしい教えがあっても、その状態だと学ぶことは決して出来ない。素直でないことが、学ぶことにブレーキをかけてしまっている状態だね。こんなにもったいないことはない。

だからいつもコップが上に向いているかどうか、自分自身の心を正していく必要があるんだよ」

村崎さんがニコッとした。

マスターはニヤッとした。

そして伊庭ちゃんはニカッとした。

俺はコップを上に向けているんだろうか。いや、間違いなく逆さにしている。素直じゃない、その意味を教えられている気がした。


「坂木君、村崎が教えてくれたことは、心に留めておきんしゃい。

素直ほど難しいものはないんよ。特に年を重ねればそれだけ難しくなるんよ」

またカウンターにグラスが置かれた。ビールを注ぐ。

「モノを知るというのは、二つの側面があってね。

一つは賢くなるということ、そしてもう一つは傲慢になるということや。

知っているということが人を謙虚から遠ざけ、そして成長の為の吸収をストップさせる。モノを知っているから人より賢いんじゃないんよ。それをどう活かせるか、どう身に付けられるかが賢さの入り口であって、知っただけで賢くなったように勘違いするのはただの愚者でしかないとよ。

そして、素直であり続けるというのは、自分はまだ何も知らないといつも思えるということなんよ。

だからソクラテスも言った。『知らないことを知っているかのように思っている人よりも、自分は何も知らないということを知っている人のほうが賢い』ってね」

「ソクラテスね、古代ギリシャの賢人。マスターもよう知っとうね」

村崎さんが反応した。

「伊庭が教えてくれたったい」

横を向くとニコッとしていた。普段あまりしゃべらない伊庭ちゃんが……。違和感たっぷりだった。

それにしてもなんだか小難しい話だが、マスターの言いたいことは何となくわかった。俺はどうやら、知らないことを知っているかのように思っている人だと映っているらしい。言われてみればそんな節もある。


営業というものを、分かったつもりになっていたんだろうか。

テクニックでなんとでもなると思っていた。でもそれとは違う感情も生まれだした。そしてマスターや村崎さんたちは、テクニックではなく心や姿勢、考え方というものを俺に諭そうとしている。

もしかしたら、今までの俺は、どこか勘違いをしながら進んできたのかもしれない。

「マスター、俺……」

その時小さな目を見開き、厳しさと優しさを混ぜたような視線で、真正面から見据えた。

「坂木君、君は本物になりたいと思っているんじゃなかね？」

目力に圧倒された。

「はい……」

「違うとね？」

「いえ、いいえ。本物になりたいです」

「そうね、やっとそういう時が来たんやね」

「え？」

伊庭ちゃんと村崎さんに目配せをしていた。

「坂木君、まず『俺』をやめんしゃい」

「は？」

隣で伊庭ちゃんがニコニコしている。

「さっき言ったとおりたい。本物とは、どんな時でも本物なんよ。客として来ているこの店でも、やっぱり年上に『俺』はおかしい」

気付かなかった。そう言われてみれば、当たり前に『俺』と使っていた。

「確かに俺は……、あっいや僕は、そんなところからおかしかったんですね」

「おっ、素直じゃないか」

奥の村崎さんが茶化すように言った。恥ずかしさをごまかすように笑った。

「そうなんよ、そういう一つ一つが出来る。しかも年上から見ても立ち居振る舞いがしゃんとしとる。そういうのが本物、本物の営業だと思うよ」

またマスターの目が細い線のようになり、顔にしわが寄った。


営業というのは、表面的なテクニックが一番大事だと思っていた。そのテクニックでお客の前で華麗に立ち振る舞う、それがカッコいいのだと思ってた。

でも久留米に来てからというもの、浦田さんのところに来てから、何かが違う、そういう思いに支配されるようになっていた。

改めていろいろなことが思い返されてきた。

椅子のこと、横断歩道のこと、手を合わせるということ、いただきますやごちそうさまと言うこと、声を掛け合うこと……。その気付かなかった意味に、教えられている気がしていた。

ひとつずつ心に染みこんでいった。

俺は、いや……僕はすべて分かっていると思っていた。すべて出来ていると思っていた。でも違った。何も分かっていなかった。何も出来ていなかった。それすら気付いていなかったんだ。

「ありがとうございます」

誰にも聞こえないような声でささやいていた。

「いらっしゃい」

新しく二人組が入ってきた。

「マスター、それじゃ」

そう言って、伊庭ちゃんは二人分の席を確保して帰った。いつも思うが、去り際が見事だと感じていた。

多幸八には今日も笑いと酒と、そして優しさと学びがある。

第五章

「言葉」

発するものはすべて周りに移っていく

気持ちがいいと感じる朝だった。

始業時間より早めに会社に着いたはずだが、浦田さんと小南さんはもうすでにデスクで仕事を始めていた。

「ちょっといいですか？」

「あぁ、大丈夫だよ」

すぐに手を止めて顔を上げた。

「あの俺……、じゃない、僕は……」

きょとんとしていた。照れ臭かった。

「どうしたんだい？」

「いや、その、何が足りていなかったか分かったというか。いや、分かったと言ったらまずいな、分かっていなかったことが分かったというか……。ん？　何言ってんだろう」

微笑みを浮かべながら聞いてくれていた。

「浦田さんがおっしゃられていたこと、営業という生き方を考え直してみました。僕は、根本的に間違っていたのかもしれない、そう思いました」

「何でそう思うの？」

「武藤様のところに行ってきました」

「え？」

「お話をお伺いしながら、テクニックでイエスを取ろうとしていた自分自身が、情けなくなってきました。ご主人の想いを聞くうちに、後悔の念でいっぱいになったんです」

ご主人の顔を思い出して目頭が熱くなった。

「そうか」

そう言って優しく微笑んだ。

「弘道は本当に素直でいいやつだな」

目の前でびっくりするくらい大きな声で浦田さんが言った。

「え？」

何のアピールなんだ？　恐るおそる周りを見る。みんなの笑顔が突き刺さっていた。恥ずかしくって肩をすくめた。

「ちょっと浦田さん、やめてくださいよ」

小さな声で言ったのをかき消すように、「この素直さを僕も見習いたいよ」とまた嫌みなく言った。視線を感じる。浦田さんは、いつもこんなに大きな声でアピールすることなんてないのに。でも周りの目が温かく感じた。

何だろう、恥ずかしさを嬉しさがかき消していった。

気を付けて見てみると、久留米の支店の中では前向きな言葉や人を称賛する言葉、行為を認める言葉がよく聞こえていた。逆に、前の支店で耳にしていた、罵倒する声や叱りつける言葉、なじる言葉は聞かれなかった。考えてみると、転勤してきた時からそういう言葉を耳にした記憶がない。


小声で聞いてみた。

「小南さん、ちょっといいですか?」

「うん?　どうした」

「この支店の方たちって、使う言葉とか、何か意識していることってあるんですか?」

僕の言葉に、ニヤッとした。

「よく気が付いたな。そうだよ、意識的に良い言葉はみんなに聞こえるように、良くない言葉はみんなに聞こえないように、そういう風に使い分けているよ。『ほめるときはみんなの前で、叱るときは一対一で』ってね」

「何ですか、それ」

「まぁ、そういう意識をしているということだ」

「なぜ……」

「それは周りのためだ」

「周りの、ですか」

「あぁ、発するものは、すべて周りに移っていくんだよ。怒りも喜びも楽しみも悲しみも。周囲に自分が影響を与えていることをみんな分かっている。だから意図的に怒りや悲しみは不用意には出さないようにしているんだ」

「そう言えば、僕も叱られるときは一対一で言われました」

「浦田さんは以前言っていたよ。大勢の前で叱るという行為は、叱る相手の為じゃなく、叱っている自分自身の姿を周りに見せつけたい、そういうエゴが招いているんだって。だから周りに聞こえるほど怒鳴るなんて行為は、自分を見てほしいというわがままな行いなんだと。本当に相手のことを思うんだったら、そんなことは出来ないってね」

「はぁ」

「大声で感情的に怒るということは、自分のことしか考えていない、上に立つ資格のないもののする行為なんだ。自分は出来るならそうはなりたくない。もしそういう振る舞いが見えたなら、言ってくれないか、ってね」

　ふいに前の上司が浮かんだ。支店全体に響き渡るほどに怒鳴り散らす声。そう言われてみれば、自分大好き人間だった。周りに見せるため、そう言われるのもわかる。わざわざ周囲に聞かせる必要はない。少なからず支店の雰囲気は悪くなっていた。ピリッとした空気、それが良くもあるのだろうが、その時に感じた空気には、明らかにトゲがあった。

なるほど、それでわざわざ叱るときは周りに聞こえないように、そして少しでもほめる時は出来るだけ聞こえるように言うんだ。

すべて部下だけではなく、支店全体への配慮だったんだ。しかもそれを自然にやってしまうから、周りもそれに良い影響を受けているんだ。

僕は過去を振り返りながら、浦田さんがやっていることの凄さを改めて感じていた。なかなか簡単に出来ることではない。

浦田さんに感じていた違和感がひとつ解けたような気がした。

久留米に来て、とうに2ヶ月が過ぎようとしていた。

桜は散って久しいが、もう夏を感じるような日差しに、早すぎる、そういう思いを抱いていた。

　ゼロが続いている。

　正直、こんなに苦戦するとは思っていなかった。まったく注文が取れない。自分自身のパターンも忘れてしまっている、そんな感じだった。

　でも、変な心境の中で、日々営業していた。

　以前は、少し騙してでもという思いでいたが、そういう思いが出てくることがなくなった。お客のことをちゃんと考えるようになっていた。こんなこと言うと変だろうが、久留米に来てから、明らかに変わってきていた。少しずつではあるが、その違いに気付くようになっていた。

「脱皮しない蛇は死ぬ。成長するためには、一度身につけたものをすべて脱ぎ捨てることが必要になることもあるんだ。今までのパターンなんて、全部捨ててしまっていいんだよ。スタンスを変えるチャンスなんだから」

　浦田さんが教えてくれた。

　小南さんには、雰囲気が良くなったと言われた。なぜかその言葉が、前に進む勇気を与えてくれるようだった。

雲が厚く空を覆い、太陽の行く手を阻んでいるような日だった。

たまたま回っていたところの景色に見覚えがあった。

確か……。

視界の中の緑色が増えてはいたが、それ以外は二度ほど見た風景に似ている。

左折して100mほど進んだ。やっぱり。


何も考えずに体が進んでいた。

インターホンを押す。奥様が出られた。

一瞬止まった。

「……加藤様、突然申し訳ありません。レインボーリフォームの坂木です」

明らかに向こうにも違和感があった。

「えっ、坂木さん……。申し訳ないけど、先日もお断りしました通りご縁がなかったので」

「はい、それは分かっています。実はお詫びで参りました」

「え?」

「あの時のお詫びがしたくて。玄関先で結構なので、3分だけ頂けませんか?」

沈黙があった。インターホンから何も音が出てこない時間が、とてつもなく長く感じた。

インターホンが切れる。肩を落とした。

その時玄関が開いた。

「入ってください」

低い声で加藤様が言った。


玄関に通して頂いた僕は、そこにある写真に自然と目を向けていた。家族の笑顔がそこにあった。4人家族だったんだ。そんなことすら知らなかった。

「あんまり時間はないんですが……」

その声にふと我に返った。

「あ、申し訳ありません。お詫びというのは、先日のことなんです」

「先日の……」

少し苦しい顔をされた。

あの時、僕は口早にクロージングをかけた。そして決めてもらえるだろうと思っていた。しかし出てきた答えはNOだった。耳を疑った。支店員をびっくりさせることが出来なくなってしまうのか、そんな自分の都合ばかりが頭の中を駆け巡っていた。

「正直に話します。僕は契約のために、自分のために、加藤様のリフォームの計画を数字の一つに数えていました。

不安に耳を向けることもなく、希望を共有することもなく、ただの数字としてしか捉えてなかったんです。契約確率とか、契約金額とか、契約日とか、そういうものでしか見えていなかったんです」

黙って、そして少し睨むように、僕の顔を見つめていた。

「でもようやく気付いたんです。お客様がリフォームを計画するのは、数字の為じゃなく、まして僕の為でもない。

お客様自身の不安や不満や、希望や想い。そういうものが背中に全部乗っかってる。そんな当たり前のことに今ごろ気付いたんです。

僕がやるべきは、数字ばかりを見ることじゃなく、お客様の側にいかに寄り添うか。そういうことだったんですね。

バカでした。そして僕が今回の加藤様の計画に、大きな影を落としてしまった。そのことに今更ながら気付かされました。本当に、申し訳ありませんでした」

下げた頭をなかなか上げることが出来なかった。ピリッと張りつめたような空気が辺りに漂っている。

もしかして、来るだけで既に迷惑だったのか。ひんやりとした玄関で、一人後悔をしていたその時だった。

「最初は……」

ずっと黙っておられた奥様がとつとつと言葉を放った。

「私が言い出したんですよ。きれいにしようって。随分汚れてきましたからね。主人もいいんじゃないかと言ってくれたから、一人で盛り上がっちゃって。

見積りをお願いした後、ある夜に主人の背中がいつになく小さく見えたんです。何か疲れているように感じて。今までは夢の部分が大きかったけど、その時に本当にそれが必要なのか、主人が身を粉にして働いて得たお金の使い道としてどうなのか、真剣に考えるようになったんです」

玄関ホールに座っていた加藤様が目を落とした。

「主人はいいよと言ったんです。でも私の中で不安がどんどん大きくなっていて。レインボーリフォームさんを紹介してくれた知人は、不安を汲み取ってくれて、寄り添うようなサービスをしてくれると言っていたので、私もこの不安を解決してほしい、そう期待していたんです。でも……」

そう言って口をつぐんだ。

期待とは裏腹に、表面的なテクニックを使ってどんどんクロージングをかけているあの時の僕が浮かんできた。

「そんな加藤様の心配や不安を考えもせず、契約をしてほしいという思いばかりの僕がいました。何も分かっていませんでした」

黙っている。

「わざわざ言いたくないことまで言って頂いて、本当にありがとうございます。そして、僕の姿勢が根本的に間違っていました。申し訳ありませんでした」


加藤様の家を後にした。

立ち止まり空を見上げる。

雲が切れたところから光が差し込んできている。もしかしたらこれから晴れるのかもしれない。

僕の心はいつ晴れるんだろうか。罪を滅ぼすのに、いったいどれくらいの時が必要なのだろう……。

昼は車の中にいると、火傷しそうなほど熱い。しばらく車を離れると、ハンドルを持つのは酷に思えるくらいだ。

「どう?」

珍しい相手からの電話だった。北九州の一つ上の先輩。

「注文はまだですが、元気でやってます」

「お前が注文ゼロか?　珍しいな」

どことなく嫌みに聞こえる声。知っていてかけてきている。

「そうでもないですよ。そちらはどうなんですか?」

「こっち?　お前が抜けて忙しくなってな。休む暇もないくらいよ」

だったら電話かけなけりゃいいのに。喉まで上がってきた言葉を飲み込んだ。

「それは良かったじゃないですか」

「おお、この忙しさをお前にも分けてあげたいと思って電話したんだよ」

「それはどうもありがとうございます」

正直いらぬ世話だった。

「お、何か素直になっちゃったんじゃない?　どうしたの、坂木ともあろうものが」

「いえいえ、それじゃお忙しいでしょうから」

「まぁな、こっちは忙しくてね」

「お電話ありがとうございました」

言い足りなさそうだった。切った電話からまだ嫌みが聞こえてくるようだった。

普段あまり話さない人が、調子が良くなると電話をかけてくる。

自分の過去の行動を鑑みてみた。


確か智博さんに以前言われたのを思い出した。

『与えたものが返ってくる』


なるほどな。思い返すと確かにそんな気がする。

今の僕の周りは、確かに以前僕自身が投げたものだ。

第六章

「下坐」

自分自身から生まれた気付きこそが本物の学びにつながっていく

「弘道は、お客様のことを時々お客って言うよね」

「あぁ、はい。確かに言ってますね」

夕方事務所で報告をしていると、浦田さんがふいに言った。

「それはお客様の前でもそうなの？」

「いえ、まさか。お客様の前では、ちゃんとお客様って言いますよ」

ニヤッとした。

「おもてなしの語源って知ってる？」

「語源、ですか」

「あぁ、そうだよ」

もてなすということの元の意味か。首を傾げた。

「あれはね、『裏表なし』っていう意味なんだ」

「裏表……。

あっ、もしかして、以前智博さんから言われていたことも、同じようなことなんでしょうか」

「どういうこと？」

「自分がお客の時、つまり立場が違う時の対応を、お客、いや、お客様からも同じようにされていないかい？　という話でした」

「すごい気付きだね。それらは関係しているのかもしれないよ」

関係。少し考えていた。

もしかして、営業の立場、お客様側の立場。表の顔、裏の顔、それらはすべて繋がっているんじゃないか。だから、智博さんも浦田さんもそういうことを言うんじゃないだろうか。

「すべてが、一つ……。そこに常にいるのは自分だけ……。

あっ、つまりどんな時でも自分自身がどうあるか、それがすべての原因だということなのでしょうか」

浦田さんが微笑んだ。

「弘道、君は本当にすごいね。少しのヒントですぐに気付いてしまう。優秀な証拠だね」

「あ、いや」

優秀という言葉に恐縮してしまった。

「そうだね、いつも自分が人としてどうあるのか。それがそのままお客様にも伝わるし、評価にもつながっていく。だからどんな時でも人としてどういう態度でいるのか、それが重要なんだ。

『慎独』という言葉もあるんだけど、一人を慎む、自分しかいない時でさえ、天に恥じない行動を取るのが君子なんだよ」

「君子、ですか?」

「人として目指すべき姿、と言ってもいいかな。才よりも徳の優れた人のことを君子というんだ。徳というのは、人間力と言い換えてもいいかも知れない。人に優しくするとか、嘘をつかないとか、正しい言葉を使うとか、人を助けるとか、怒らないとか、人を不安にさせないとか、そういう人が人として生きていくうえで大切にしないといけない心の部分。それらを徳というんだ。

いつからか上辺のテクニックが重視され、表面的でも知識さえあればチヤホヤされ、損か得かの方法論ばかりが論じられるようになった。でもこれらは才であって、才が徳よりも大きくなった人のことを、小人というんだ。ちっぽけな人という意味だね。これじゃあ生きていくうえで悲しいよね。

僕たちは、営業という職業を通して、この人間力を高める鍛錬をしているんだよ。だから、お客様の前だけで出来ればいいとかそういうことではなく、常にそうある。目指すべきはここなんだ」

浦田さんがここまで多くを語るのは初めてだ。前の上司にはよく説教を長々とされていた。でもこれは説教とは違う。上から一方的に押し付けられる指示とは違った。

初めて聞く言葉ばかりだが、それでも今の僕には、すっと入ってくる。今だから入る、ということなのかも知れない。


ふと気になって聞いた。

「もしかして、最初から気付いていたんですか？」

「何を？」

「いや、お客と言っていることや、その他のことも」

ニコッとして、右手で髪をかきあげた。

「そうだね。もちろんだよ」

やっぱりそうか。

「なぜ直接教えてくれなかったんです？」

「ん？　なぜって」

いたずらっ子のような微笑みを見せた。

「人はね、自分から変わろうとしない限り、変わることなんて出来ないんだよ。人から何を言われようと、結局は自分なんだ。だから僕にはヒントを与える、それしか出来ないんだよ。

弘道は自分で気付くレベルまで上がってきたんだ。教わったんじゃない。君が君自身で気付いたんだ。僕が教えられることなんて、何もないからね」

頼りない。そう思っていた浦田さんが、とてつもなく大きく思えてきた。

営業として、とかではなく、人として大きい。素直にそう感じた。


「弘道、今度の休み、ちょっと付き合えるか？」

突然言われてびっくりした。浦田さんが嬉しそうにこっちを見ている。

「はい」

とっさに返事をして、一瞬しまったと思った。何も内容を聞かずに返答をしてしまった。どこに？　という僕に、気付きの場としか教えてくれなかったが、唯一教えてくれたのは、動きやすい格好で来るように、ということだけだった。

浦田さんのことだ、何か意味のあることなんだろうけど。

少し不安になりながらも、手帳に書き込んだ。


休みがやってきた。

日差しが強い日だ。夏がもう来たんじゃないかと勘違いするくらいの天気だった。気温は20℃を遥かに超えてそうだ。

動きやすい、と言われていたから、山登りか何かかもしれないと、タオルや水を準備して浦田さんの家に行った。

「おはよう」

そう言って出てきた姿は普段着で、どこに向かう姿なのかまったく想像がつかなかった。

「どこに行くんです？」

「すぐ近くだよ」

車に乗り込んで向かった先は、山でも川でも海でも街でもなく、近くの公園だった。

「ここ、ですか？」

「あぁ、そうだよ。行こうか」

トランクから荷物を取り出しているようだったので、先に公園の中に入っていった。午前中なので、子供たちもまだ来ていないようで、人っ子一人いなかった。

　まさか青春のキャッチボールなんて言い出すんじゃないか。そんなことを思っていたら、浦田さんが追い付いてきた。

「始めようか」

　手に持っていたのは、バケツとそしていろんな種類のブラシたちだった。


「え？　これって……」

「トイレ掃除セットだよ」

　明るく言い放った浦田さんが、鬼に感じた。

　休みの日に朝っぱらから呼び出されて、そしてこの人は今、誰もいない公園のトイレ掃除をしようとしている。しかもそれに付き合わされている……。

　まさかと思ったが、一応聞きかえしてみた。

「今からここのトイレ掃除をするってことですか？」

「このセットでキャッチボールは出来ないだろう」

まったく笑えなかった。浦田さんはユーモアのつもりで言ったのだろうが、この状況では笑える方がおかしい。

トイレに向かった浦田さんの後を渋々ついていった。バケツに水を汲み、ブラシと雑巾を取り出した。ゴミ袋を広げ、落ちているティッシュの袋やたばこを拾う。

「えっ、もしかして素手ですか？」

「そうだよ」

当たり前のように言う。

「僕はこっちの和式便所を掃除するから、弘道は小便器をやってみて」

やってみてって……。まだやるって言ってないのに。

でもここまで来て引き下がれないのは分かっていたので、とりあえずやってみることにした。


やわらかいブラシを水につけ、便器をこすった。上から下にかけて。何でこんなことやっているんだと不思議に感じながらも、一応やるだけやってみようとした。ザーッとこすってそして水を流すボタンを押した。トイレ掃除なんて家でもほとんどしないのに、公園のトイレを掃除している自分を変に思った。

2分ほどで終わった僕と違い、浦田さんはまだやっている。固い音もしてくる。鉄製のブラシでこすってるんだ。3分待った。終わらない。同じところをこすり続けている、そう確信させる音をさせていた。

しばらく小便器を眺めていた。黒ずみもこびりついている。もしかしてこれをきれいにしろというのだろうか。

金属製のブラシを手に取り軽くこすってみた。すぐに取れるだろうと思っていた汚れが取れない。もう少しこすってみた。これは取れないいんじゃないかと思った。しばらく続けてみた。あ、きれいになってる。もとの白い部分がようやく出てきた。ほかの所もきれいになるのかも知れない。ひたすらやってみた。だんだんきれいになっていくのが嬉しく感じるようになっていった。こうなったら、とことんやろう。ピカピカになったイメージを持って、一心不乱にこすりだした。

5分ほどすると信じられないことが起こりだした。

北九州にいたときに、高飛車になっていた僕の言動や商談が、次から次に思い出されてきた。頭の奥底からどんどん浮かんでくる。お客様や会社の仲間をないがしろにしたこと、ごまかしたこと、ぞんざいに扱ったこと、優しくしなかったこと、そういう自分がしてしまった過ちが迫ってきた。

申し訳ない、何であんな対応を、ごめんなさい、ごめんなさい。トイレが一つ綺麗になる毎に、心の奥にある罪の意識が消されていくようだった。

すぐにきれいにすれば何ともないのに、知らず知らずに積み重なっていった汚れはなかなか落ちない。僕の心そのままのように感じていた。

ふと我にかえると、便器の中もこすっていた。黄ばみや黒ずみを汚いとも何とも思わず、ただ自責の念だけが浮かんでは消え、現れては汚れと一緒に落ちていった。


床も壁も雑巾で拭きあげた時には、一時間半が経っていた。時計を見ていなかったので、さすがにびっくりした。

浦田さんは、掃除をし終わった便器に手を合わせた。その姿は、清浄そのものに感じた。公園のトイレみたいに汚い場所を掃除していた人を清く思ってしまう。僕は変なのかもしれない。でも、確かにそう見えた。

道具をきれいに洗って手入れした浦田さんは、その後公園のゴミ拾いをして、ベンチに座った。

隣に座る。コーヒーを手にした。

「何か感じるものがあった？」

「いや、その……」

微笑みながら見つめている。

暑い日ざしを和らげるように頬を流れる風が、どこからか気付きを連れてきた。

「なぜだか分からないんですが、僕自身がやってきたことがどんどん入ってきて、申し訳ないというか、そんな感情がわいてきました」

「え？」

「やっぱり弘道はすごいね。気付きのレベルが高いよ」

「僕は初めてやった時にそこまでのものはなかったな。何度か続けていくうちに、ようやくあったけどね」

「そうなんですか」

僕たちの前を3羽のハトが横切っていった。一番大きい白いハトが、不思議そうにこちらを見つめ、そして羽を広げるそぶりをみせた。

「浦田さんはよくここに？」

「あぁ、月に一度は掃除に来ているよ。どうしても謙虚な心を失くしてしまうからね。人は放っておくと傲慢になるように出来ているんだ。

勝海舟や山岡鉄舟と共に『幕末の三舟』と称せられている高橋泥舟はこんなことを言っているんだ。

欲深き人の心と降る雪は積もるにつれて道を失う

知らず知らずのうちに積もっていくものは、出来るだけ早いうちに取り払う必要がある。欲深くなりすぎると人としての道を失っていく。だからそうならないように、いつも謙虚な心を思い出せるように、そんな思いで掃除に来るんだ」

大の大人が朝っぱらから二人して、トイレ掃除について語っている。傍目から見たら、変人扱いされるような感じだろう。でも今の僕には、浦田さんの言葉が違和感なく入ってくる。

僕はこのトイレにこびりついていた汚れのように、傲慢さや欲が心を覆っていて、それによって人を苦しめ、そして自分自身を苦しめていた。その汚れが分からないくらい、それが当たり前になってしまっていた。

でも取れない汚れはない。時間はかかるかも知れないが、こすり続けることで必ずきれいになる。だからいつも正していくことが重要なんだ。

そういうことを気付かせるために、僕を誘ってくれたんだな。

「浦田さん」

「何？」

「今日はありがとうございます。僕自身が犯してきたこととか、やってしまったこと、そういうことをたくさん気付かせていただきました。本当にいろいろなことを感じました。教えられるんではなくて、自分で気付くからこそ価値があるんですね」

「弘道は本当にすごいね。その通りだよ。

教育者であり哲学者でもあった偉人、森信三先生は、

人間というものは、単に受け身の状態で生じた感激というものは決して長続きしない

そう言っているんだ。

君が言った通り、自分自身から生まれたものだからこそ、本物の学びにつながっていくんだよ」

上から教えこむのではなく、常にヒントを与えて気付きを促す。そういう浦田さんの優しさを改めて感じた気がした。

いつもそうだ。こうやって促し、そして何かに気付いたときには、さらにそれを大きくしてくれるような言葉をかけてくれている。本当にうれしく思った。


「僕はある人に憧れて営業をしようと思ったんですよ」

ふと話し出していた。浦田さんは微笑みながらこちらを見ている。

吹き抜ける風に木々の影が揺れた。汗に濡れた首筋がヒヤッとした。

「何をしたいでもなく、ただビッグになりたいって言った僕に、その人は『君は誰を幸せにしたいの？』って聞きました。大学3年生の時です。仕事というものの意味を考えるきっかけをくれたその背中に憧れて、僕は営業になったんです。

浦田さんにいろいろと教えて頂くまで、僕はその時の思いを忘れてしまっていました。数字に追われ、ノルマに追われ、いつしかお客様を確率や金額といった数字としてしか見ないようになっていたんです。

久留米に来て、さまざまなことを教えられながら、ようやくあの時の思いに戻ることが出来た、そう思っています」

聞いていたその顔はニッコリとしていた。

「弘道は本当にすごいね。どんどん気付き、そして変わっていく。君は間違いなく多くの人を幸せにしていける人だ。

この前ハガキを渡したあの永業塾塾長も、こんなことを言っているんだ。

誰に喜ばれたいか　誰と歩みたいのか　誰を幸せにしたいのか

永業塾塾長

僕たちは、自分自身のために生きているんじゃなく、誰かのために生きているんだろうね。その誰かをいつも思っているからこそ、僕たちの生き様が太くなっていくんだろう」

日が高くなり、影の背がだんだん低くなってきていた。

「そしてその想いが芯にあるとね、戻る場所が出来るんだ。

僕たちは、時には本当に進むべき道がこれで良かったのか、不安になる時がある。そんな時こそ、志に戻る時なんだ。想いに」

今日の天気と同じように、僕の心は晴れやかになっていった。心のど真ん中に、温かい光のようなものを感じる。

もう迷わない。僕はこの人たちの背中を追っていく。人としてカッコいいこの人たちの背中に追いつけるように。

第七章

「 謙虚 」

状況が良い時も悪い時も、それはただ学ぶべきものを学ぶ時

着信。

「はい、坂木です」

「すまんが来てくれんか?」

また北九州での苦情だった。3ヶ月前に工事完了したお客様からの工事クレーム。

すぐに行きますと伝え、北九州支店に向かった。

浦田さんにも報告の電話をしたがつながらず、留守電にメッセージを残した。

雲がせわしなく一方向に動いている。何かを急いでいるかのように。

昼過ぎに北九州の支店に着いた。

事務所には工事担当と、そして以前の課長がいた。

久留米に慣れてしまったんだろう。少し前までいたこの場所が、空気ごと固く重い雰囲気に包まれているように感じた。

「坂木、久しぶりじゃないか。受注の調子はどうなんだ」

丁寧に挨拶をした。

「ご無沙汰しています。まだ注文頂けてはいないのですが、なぜ駄目だったのかが少し分かりはじめたところです」

眉をひそめた課長は僕の顔を覗き込んだ。

「少し見ない間に、随分変わったな」

そうですか、とだけ言った。


キッチンの改修工事に施工不良があったらしく、工事のやり直しを求められているということだった。

しかし目の前で行われていることは、やり直した場合にいくらかかるのかとか、お客様に何かしら請求出来ないのかとか、とにかく何とか利益を守ろう、そんな話ばかりだった。

違和感が胸の真ん中に生まれた。

その後も続く対策会議に、たまらず口をはさんだ。

「ちょっと待ってください。なぜこんなことが起きたのかとか、お客様にちゃんと経過のご説明をした上でお詫びをするのが先なんじゃないですか?」

僕の言葉に課長と工事担当が睨みつつ語気を強めた。

「お詫び?　そんなことしたら完全に非を認めることになるじゃないか。認めてしまったら最後、うちの負担ですべてやりかえることになってしまう。出来る限り会社の利益を守るためには、ちゃんと対策を練ってだな」

「もしかしてまだお詫びすらしていないんですか」

「だから対策を立てて利益を守るようにしないと」

「分かりました。僕が行ってきます」

「ちょっと待て」

止める課長に一礼をして、事務所を後にした。二言目には会社の利益。この会話をお客様が聞いていたら、どんなに切ない気持ちになるんだろう。

前までは違和感すら感じなかったのだろうか。慣れ。そういうものがあるんだと、改めて気付いた。


中山様の家に着いたのは3時過ぎだった。

大柄な奥様が出てこられたかと思うと、いつも通り早口でしゃべりだした。

「坂木さん、久留米からわざわざ来てくれたのね。でも今回のことはどうなっているの？工事の方に私が電話をしてもなかなか話もさせてもらえないし、そのままほったらかしになっているし、待つ方の身にもなってほしいわよ。第一……」

10分ほど息つく暇もなく飛び出す苦情。それを真剣に聞いた。聞けば聞くほど、本当はこんなこと言いたくないんだろうなとか、満足されていたらこんな時間すら使わせないで済んだのにとか、ここまで僕にすべておっしゃって頂いているんだとか、いろんな感情が生まれてきた。

「中山様、ありがとうございます。言いたくないようなことまでおっしゃって頂いて」

「え？　ええ。そうなのよ」

「もう少し状況も教えて頂いてよろしいですか？」

「もちろんよ、あのね……」

聞けば聞くほど、ありがたいという気持ちと、申し訳ないという気持ちが湧いてきた。

「毎日3回もお使いになられるキッチンなのに、使う時に気を使うというのは……。ご迷惑をかけてしまって、本当に申し訳ありません」

「坂木さん……。あなたも久留米から出てきてこんな聞きたくない話ばかりでごめんなさいね」

「いいえ、とんでもないです。わざわざ私にここまでおっしゃって頂けるのがありがたくて。もし他にもお気付きのことがあれば教えてください」

20分ほど経った時だった。

こんにちは、と後ろから声がした。この声は。振り返る。やはり浦田さんだった。

また来てくれた。お願いも何もしていなかったのでびっくりしたが、浦田さんの優しさを感じた。

「ご迷惑をおかけしたそうで」

名刺を渡し、丁寧に挨拶をされた。

「あなたも久留米から……」

中山様も驚かれていた。

「今いろいろと坂木さんに聞いて頂いたところなの。工事の方々と違ってきちんと聞いてくださるし、ちゃんと対応してくださるようなので、ちょっと安心したところなの。やっぱり困ったときに頼りになるのは坂木さんよね」

「そうでしたか」

こちらを向き、目だけで頷いた。

「浦田さん、しっかりお願いしますね」

「もちろんです」


中山様の家を後にして、住宅街を歩いていた。

日差しが強く、影が濃く地面に映っている。

「ありがとうございます。まさか来て頂けるとは」

「いや、僕の方こそびっくりしたよ。ちゃんと心で聞いていたんだね」

「心で？」

「君が心で聞いていたから、僕の出番はなかったようだ」

おっしゃられている意味を、自分なりに理解しようとした。

「奥様の表情を見たら、君がどんな聞き方をしていたのかが良く分かったよ」

「え？」

「以前のように、こちらの都合で固まってしまっているような聞き方はしていないね。ちゃんとお客様に寄り添って、お客様の横で聞いていたんだね」

「横で、ですか」

「そうだよ。以前の君は対面で聞いていた。この違いは分かるかい？」

横と対面。イメージは分かるが何がどう違うのかは分からなかった。

「何となく……」

「まぁ、それでいいよ」

そう言って左胸の内ポケットからメモと小さなペンケースを取り出した。

「後は工事の段取りだね。この辺は久留米に戻って、白沢さんにも相談してみるから任せといて」

「ありがとうございます」

「それにしてもどんどん変わっていっているね。弘道はやっぱりすごいな」

そう言ってニコッとした。

変わる。それが良くなっているということなんだろうか。

自分では意識出来なかったが、浦田さんにはそう映ったようだ。


中山様の工事についての調整は、支店を超えての対応にもなるため何かと難しいところがあったようだ。でも白沢さんと浦田さんが強力にバックアップしてくださったおかげで、解決の方向性は見えてきた。しかもやり替えの予算は久留米の支店から出すことになったそうだ。

結局僕は何もしていないような感じだった。でも再度工事前に中山様を訪ねたときの笑顔は、不満が薄くなっていることを物語っていた。

「坂木君はお客様のために、心で動ける男なんだね」

支店長の白沢さんが嬉しそうに言った。目じりのしわがカッコいいと思える人もそうはいない。こういう年の重ね方をしたい、ふとそう思った。

奥様が買ってくださったのだというネクタイを自慢しながら帰っていかれた。また今日も支店に残る人たちを気遣いながら。周りを歩かれると空気が軽く、そして温かくなる。前の支店では重くそして冷たくなっていたと、今なら感じることが出来る。


以前までは、会社の評価はいかに利益を確保するかに限定されると思っていた。それが会社というものだと思っていた。

しかしここではそんなことよりもお客様がどれだけ喜んだとか、そういうことを評価する。

不思議なものだ。利益を確保することばかり考える支店よりも、この久留米の方が売り上げがいいのだから。

すっかり日が落ちた街には、月の明かりに匹敵するくらいのネオンが輝いていた。


お客様の話に耳を傾けるようになって、次第にその悲しみとか不安とかを感じられるようになってきた。

以前の僕が見ていたものは何だったのだろうか。そう感じるくらい、お客様にはいろいろな感情や想いがあることを改めて知ったようだった。

注文は相変わらず頂けていないが、それは自分自身がまだ任せられるに至ってないからだと感じるようになっていた。


浦田さんへの報告をしている時に、ふと言われた。

「弘道、今なかなかうまくいっていないだろ?」

「え、はい……」

「こういうのを逆境というんだけど、そういう時に何を学ぶべきか分かるかい?」

「え?」

突然の問いに何も答えられなかった。逆境に学ぶべきこと。いったい何だろう。

しばらく待った後に言った。

「感謝だ。

僕たちは様々な境遇を体験する。順境も逆境も。その状態は喜ぶべきものでも、悲しむべきものでもなく、ただ学ぶべき時なんだ。だからその時を大事にするんだよ」

諭すように微笑んでいる。

「そういうものなんですね」

「そうだよ。すべてがうまくいかない時こそ感謝を学ぶ。本物のね。そしてそれが逆境から順境に転じる一番の薬なんだ」

「本物の感謝、ですか」

「あぁ、上辺の感謝ではなくて、何年経っても思い出すだけで涙が出るような、そういう本物の感謝を学ぶんだ。

ちなみに順境は、謙虚を学ぶ時なんだ。この謙虚がなければ、順境から簡単に逆境に落ちる。順境というのは、すべてがうまくいっている時のことだ。経験あるだろう。

極陰は陽に転じ、極陽は陰に転じるといってね。落ちるだけ落ちた時に感謝を知るから良い方に転がり、良くなりすぎると傲慢さによって簡単に落ちていき、上るだけ上ろうとした時でも謙虚さを忘れなければその状態はずっと続いていくんだ」

そう言って、またニコッとした。

北九州にいた時、僕は極陽にいたんだろう。学ぶべきものを学ばなかった。だから簡単に落ちていってしまったんだろう。

謙虚。

そんなものを知らなかった。言葉としては知っていた。でも本質を知らなかった。

「浦田さんの話、時々難しいだろ？　大丈夫か？」

小南さんが小声で言ってくれた。

「今の話は耳にタコが出来るくらい聞かされたが、『極陰は陽に転じる』ってのは5000年も前の書物からの話なんだよ、易経《えききょう》と言ってね」

「5000年、ですか？」

「うん、そういう話を知っている浦田さんも、本当に不思議な人だけどね」

「確かにそうですね」

浦田さんに気付かれないように、二人で笑った。

笑ったものの、また気付きを頂いたことがありがたくて仕方がなかった。


いつか必ずうまく転じる。

そういう思いだけを持って営業に回った。

回れど回れど、注文には至らない。

「壊していいんだよ。違う山に登りたいのなら、一度その山を下りないといけないだろう。そうしないと登るというチャレンジすら出来ないからね。

つまり、次の山を登る権利を与えられないんだ。

それでも山の上にいながら次の山の上を目指そうとするから、みんな遭難しちゃうんだ。そうじゃないんだ。一度壊さなくちゃいけないんだ。徹底的にね。そのことが、もっと高い山に登らせるんだよ」

浦田さんの言葉はいつも、表面的なテクニックとは違う視点で語りかけてくる。でもそれが、今は一番大事なことのように思えてきていた。

第八章

「背中」

何を言ったかよりもどういう行動を取っているのか

ふとトイレに寄った公園で、ゴミが落ちているのが気になった。

以前はこんなこと気にもならなかったが、なぜか拾わないと気持ちが悪いように思い拾った。ゴミ箱は向こうの方にちゃんとあるのに……。捨てに行こうと思ったらまたゴミがある。立ち止まって拾ったそのまた目の前に違うゴミ。

結局ゴミ箱に行き着くまでに20個以上のゴミを拾った。


拾いながら感じたことがあった。

ゴミには二種類ある。

大人が捨てたゴミと子供が捨てたゴミ。

明らかに小さい子が捨てたとしか思えないような駄菓子のゴミを拾う時、なぜか胸が痛くなった。

ゴミを捨てろと教えられた子供がどれほどいるんだろう。小さい時、僕は間違いなくそういう教育を受けたことはなかった。おそらくほとんどの子供がそうなのではないだろうか。捨てるなとは教えられたとしても……。

子供はいつからゴミを捨てるのか。

それは大人が捨てたゴミを見てからだ。この子供たちのゴミは、間違いなく真似をした結果に過ぎないんだ。

どんなにカッコいいことを言っていたとしても、子供たちが見るのはその言葉ではなく、その行動なんだ。その背中なんだ。

拾ったものからそれ以上の多くの気付きが入ってきた。


気付き。

それにアンテナがあることを近頃知った。

アンテナの立て方や向け方で、入ってくるものに大きな違いがある。

公園のトイレに寄ることなんて以前からあった。それでも今、こんなにいろいろなことを感じるというのは、間違いなく周波数が変わったからなのだろう。

目の前にあっても気付けないもの。

どれだけのものをスルーしてきたのだろう。

空。

見上げている僕が笑顔であることに気付いた。きっと異様に映ったに違いない。でも真っ青な空を大きな翼を広げて飛ぶ鳥を見守っている僕は、以前の僕よりも明らかに豊かなんだと感じた。


携帯が鳴った。知らない番号だった。

「はい、坂木です」

電話の向こうに一瞬の沈黙があった。

「もしもし」

「あの……。坂木さん、加藤です」

「えっ」

聞き覚えのあるその声は、この前お詫びにいった加藤様の奥様だった。

「ちょっとお話したいことがあって。お越し頂けませんか？」

「はい、もちろん大丈夫です。１時間後でもよろしいですか？」

「ええ、それじゃお待ちしています」

何だろう。

昼までの日差しが少し和らいで、過ごしやすい陽気になっていた。近くの木で小鳥が数羽楽しそうに歌っている。それを聞き、優しい気持ちになっていた。


玄関を開けた加藤様の顔が、前回のそれとは違うように感じた。

応接間に通された。

お詫びに来た時よりも、なぜか緊張していた。

「先日は、いきなり失礼いたしました」

「いいえ、それよりこちらこそ今日は突然ごめんなさいね」

「とんでもないです」

出されたお茶を、加藤様と同じくすすった。

少しの沈黙があった。

意を決したように奥様が口を開いた。

「実はね、改めてリフォームをお願いしようと思っているの」

「え?」

加藤様は今確かに、リフォームをお願いするとおっしゃった。思いもよらない言葉にびっくりした。

「お願いする……とおっしゃいますと、その……、私どもにお任せ頂けるということ……

なのでしょうか?」

「ええ、そうよ。お願いするわ」

「え、何で?」

注文しようというお客様に、何でと聞いたのは初めてだった。

「いや、すみません。その、いったいどういうことなのでしょうか?」

加藤様は控えめに笑った。

「言ったでしょう、検討するって。検討した結果よ」

「検討……、ですか」

肩をすくめてクスッと笑った。

「そんなこと言っても分からないわよね。

実はこの前までは、あなたの営業のやり方とでもいうのかしら、何かそういうものが気に入らなくて、先日言った通りの不安もあって、お願いする気なんてサラサラなかったの。でも、あなたが謝りに来てくれた時の態度が本当に素直に映ったし、それにね……」

もう一度お茶をすすった。

「おたくを紹介してくれた知人からあの後電話があってね、あなたのことをいろいろ言ってくれて、もう一度話を聞かないかって言ってくれたの」

「ご紹介者様がですか？」

「あなたの上司？　の方かしら。その知人の所に何度か行ったみたいでね。謝りに行って、そしてあなたが何をどう反省して、どう変わっていっているかを、話していたみたいなの」

もしかして、浦田さん？　そんな話は初耳だった。

「以前のあなたから変わっていくストーリーを、あたかも自分が見てきたかのように、知人は私に語ってくれたわ。

この間のあなたの姿も知っていたから、なんだか親近感が湧いちゃって。

見積りも頂いていたから、もう一度主人とちゃんと話し合ったの。私が不安に思ったことや将来のことなんかも話したわ。そして主人もちゃんと納得して、お願いすることにしたのよ」

「そ、そうなんですか……」

何だろう、この気持ちは。

嬉しさ、申し訳なさ、ありがたさ、恥ずかしさ、いくつもの感情が浮かんでは消え、心の中の所有権を奪い合っていた。

注文を頂くということが、こんなにも篤く心の奥深くをわしづかみにするような、そんな気持ちにさせるものだと初めて知った。

桜咲くころに久留米に来てからの時間が結婚式のＤＶＤのように次々と映し出され、すべての苦労と学びと人の優しさが僕を包み込んでいった。

目頭が熱くなった。

ぐっと噛みしめた奥歯がきしむ。

「坂木さん、あなたにお任せするわ。私たちの思いを実現してください」

「はいっ」

ひざの上を強くつかみ、涙が溢れそうになるのを必死にこらえていた。この思いに絶対に応える。そう誓った。


事務所に戻って、加藤様の報告をした。久留米に来て初めての注文を思いもしない形で頂けた。

浦田さんは本当に嬉しそうで、また大声でそのことを所内にアピールした。でもこの拍手は、浦田さんにこそ贈られるものだと、僕は知っていた。

「浦田さん、何で言ってくださらなかったんですか？」

「何をだい？」

「ご紹介者様のところに行って、僕のことをお伝え頂いていたということを」

右手で髪をかきあげてニコッとした。

「別に、言うほどのことじゃないよ。当たり前のことだ。礼を失してしまったお客様にお詫びをしにいっていただけだよ。そして弘道が何を感じ、何を反省して、どう変わっていっているかは、お客様にもお伝えする必要があるかと思っていただけだ。

でも本当のことしかお伝えしていないし、変わっていったのは君自身だよ」

そうやって明るく笑ってみせた。

大きいな。人として大きい。そう感じていた。

「ありがとうございました」

「いやいや。お礼はお客様に対してだけで十分だ。僕たちは仲間だろ。一緒にお客様を幸せにするためのチームだ。だから自分たちで出来る範囲をカバーし合えばいい」

「はい」

「でも、いい学びを頂いたね」

「え？」

「弘道は以前言ったよね。テクニックでお客様を説得出来るって」

「そうですね、確かに言ってました」

「でも分かっただろう。お客様は決して説得出来ないんだ。お客様にして頂けるのは、納得だけなんだよ。だから理詰めは伝わらないんだ。損得で釣り上げることなんてもってのほかだ。人は損得ではなくて、感情で決めるものなんだよ。最後の最後は心なんだ」

「テクニックよりも心が大事なんですね」

「そう、心が技術を超えない限り技術は生かされない。やり方ではなく在り方が重要なんだ。そのために、僕たちは心を、人間力を高めていく必要があるんだね」

「はい」

どこかで聞いたことがあるようなフレーズが耳に残った。でもそれが何なのかは分からなかった。

加藤様に最初に断られたとき、浦田さんが何を思い、そして僕に何を言おうとされていたのか、分かった気がした。あの時言わなかったのは、僕にその準備が出来ていなかったからなんだろう。そこまで理解した上で、待ってあげられる度量。この人の背中はまだまだ遠い。

ポンと肩をたたかれた。振り返る。智博さんだった。

「良かったな。さすが坂木だ」

「いいえ、僕は何もしていないですよ。浦田さんやお客様のおかげなんです」

「おお、すっかり雰囲気が変わったな。謙虚になったというか。いい顔だ。その姿勢を貫けよ。間違いなくすごい男になるよ」

そう言って、浦田さんのもとに行き、何やら話し出した。

ふいに外を眺めた。

空の果てに、一筋の白い雲が刻まれている。

事務所の窓から見えるその景色が、いつもと違うもののように感じた。


武藤様のアフター挨拶に浦田さんはついて来られた。武藤様も喜んでおられ、その笑顔に救われる思いだった。

「坂木君、家内も喜んでくれたよ。本当にありがとう」

「とんでもありません。私の方こそお礼を申し上げたいところです。本当にありがとうございました。奥様にも、よろしくお伝えください」

深々と礼をして武藤様のお宅を後にした。

街を見下ろす景色が見えたところで立ち止まった。

「弘道、喜んで頂けて本当に良かったな」

「はい、浦田さんにスタンスを教わったおかげです。ありがとうございます」

二人そろってニコッとした。

「そう言えば、最近タバコを吸っているのを見ないな」

「ええ、やめちゃいました」

「なんで?」

「以前は何かとイライラしていたんですよね。でも最近そういうことも減っちゃって。そうするとだんだん吸いたいと思うことすら少なくなっていきました」

「そうか、それは良いことなのかもしれないね」

眼下に広がる北九州の街が、ここで仕事をしていた時とは違うものに思えた。

「そうだ弘道、せっかくだから北九州の店どこか案内してよ。契約祝いもまだだからごちそうするよ。どこでもいいから言って」

「本当ですか、ありがとうございます。何かリクエストはありますか？」

「まかせるよ」

とっさに多幸八が頭に浮かんだ。浦田さんもきっと気に入ってくれるはずだ。

早速携帯を取り出し、マスターに二人で行くと伝えた。

「僕がこっちにいた頃によく行っていた店です。小さい店ですけど、落ち着けるんですよ」

「それは楽しみだね」

僕たちは肩を並べて歩き出した。

街はいよいよ夜景を見せる準備に取り掛かっている。


月明かりが周りの星たちを包み込むように大きく輝いている。

僕たちは風に揺れる赤い提灯を目指して、路地を入っていた。

「何かこの辺を一度歩いた気がするな」

「え、そうなんですか？」

そんなことを言いながら多幸八に着いた。狭い階段を上る。手すりがないと、本当に怖いと感じる角度だ。

「いらっしゃい坂木君、奥にどうぞ」

おしぼりを出したヤッさんが浦田さんを見てちょっと目を大きくした。

「あぁ。久しぶりですね」

「はい、お久しぶりです。まさかこちらが弘道の行きつけだったとは」

えっ、浦田さんはここに来たことがあるのか？

マスターの顔を見た。どこか嬉しそうだ。

「何年経つかね」

「そうですね……。もう3年になりますか」

「そんなになるね。年もとるはずやね」

「そんなことはないでしょう」

「浦田さん、ここにいらしたことがあるんですか？」

おしぼりで手を拭いて、きれいにたたんでテーブルに置いた。

「あぁ、一度ね」

「坂木君の上司ね？」

「はい、久留米でお世話になっているんです」

「そうね。この前の話覚えとろう？」

「この前のって、本物の……」

「そう、それたい。この人は、その時にいっしょにきとんしゃった人の一人たい」

「え？」

マスターが話してくれた営業の人たち、その中に浦田さんも入っていたのか。つながりの深さに少し気味悪さすら感じた。

「何ですか、本物って」

浦田さんがきょとんとした顔をしていた。

「マスターに営業のことを相談したことがあったんです。本物って何なんでしょうねって。その時に、引き合いに出して話してくださったのが、つまり浦田さんたちということなんです」

「そうなんだ。何かそれは恥ずかしいな」

「すごいご縁ですね。その話に出てきた方と今一緒に仕事させて頂いているんだから」

「確かにそうだね。出会うべくして出会ったんだろうね」

にこやかに語っていた。

「坂木君、本物は礼儀がきちっとしとろうが」

ビールを片手にマスターが言った。

「はい、確かにそうですね」

「いや、僕はまだまだですよ」

軽くはにかんでいる。

「でも、なぜ礼儀が大切なんですか？」

当たり前のような質問をあえてしてみた。

マスターの方をちらっと見て、静かに話し出した。

「礼儀とは相手にとっての優しさであり、そしてそれがそのまま自分にとっての優しさにもなっていくんだ。

もともと礼儀は、自分自身が傷つかないように出来たんだ」

「そうなんですか？」

「あぁ、そしていつも礼儀正しくいることが、すべての人にとっての愛情なんだよ」

そう言って、ハガキを取り出した。

営業とは礼儀正しく　礼儀とは最高の愛であり究極の優しさです

永業塾塾長

また永業塾塾長だった。

「裏表なく、いつも礼儀正しくいることが、周りのためであり、そして自分のためにもなる。人は誰しも一人で生きているわけじゃなくて、人と人の間で生きているからね。だから人間というんだ」

いつも礼儀正しい姿を見ているだけに、とても説得力があった。

そう言えば、もうひとつ気になることを聞いておかなくては。

「浦田さん、前から思ってたんですが、この永業塾塾長っていったい何者なんですか？」

ニコッとした。何も言わずにハガキに一度目を落とし、そしてこっちを向いて懐かしそうな目をした。

「心の師、とでも言うのかな。

いつも迷った時に、この人の言葉に出会うんだ。そして助けられている。

本当にいつもね……。

僕には師匠がいるんだ。この会社を立ち上げた、宮下部長とおっしゃられる方だ。今は宮崎にいらっしゃるけど、その塾長と若い頃一緒に営業をしていたらしいんだ」

「え？　そうなんですか」

「部長は、永業塾塾長との出会いで生き方が変わったとおっしゃってた。そして僕は宮下部長のおかげで生き方を真剣に考えるようになった。永業という道を示してくださったんだ」

「永業という道？」

「職業としての営業ではなく、常に人として成長し続ける、生き方としての永業。仕事のやり方よりも、むしろそういう人としての在り方を僕に諭してくれた。そして永業塾塾長の言葉は、僕に永業という道を示す道しるべになっているんだ」

「そうなんですか」

「島村さんという、前に一度ここでご一緒した方も永業塾の方でね」

「どんな方なんですか？」

「写真があったはずだけど……。ちょっと今はなさそうだ。また今度探しておくよ」

「はい」

「とても人間力の高い方で、素敵な方だよ」

そう言って微笑んだ。

マスターもうなずいている。

「永業塾塾長とはお会いになられたんです？」

「いや、実はまだお会いしていていないんだ。でもいずれその時は訪れてくれると信じているよ。僕がそういうステージになった時にね」

「ステージ？」

「あぁ、まだ僕を迎えに来ていないんだ。だから今は焦らずに、目の前の道をコツコツと歩み続ける、それだけをやり続けるんだ」

浦田さんが光って見えた。かっこいい。この人みたいになりたい。素直にそう思った。隣では伊庭ちゃんが、やはりニコニコとしている。


「浦田さんは、いつからそんな考えになられたんですか？」

糸こんにゃくに、からしをつけて頬張っている。飲み込んだ後にこちらに顔を向けた。

「いきなりどうしたの」

「いや、ちょっと聞いてみたくなっちゃいまして」

「そうか」

ビールを一口飲んだ。

「僕も最初は自分のことしか考えていなかったんだ」

僕も、というところに僕自身が含まれていることを感じた。

「そしてうまくいかない理由をすべて周りのせいにしていたんだ。あいつが悪い、環境が悪い、運がない、お客様が悪い……。そんなことばかり考えていた。うまくいくわけがないよね。

でもある時にこんな言葉に出会ったんだ。

損と得の道があれば損の道を行け

この言葉との出会い、これが永業塾塾長との出会いだったんだ」

懐かしそうな目をしながらニコッとした。

「言葉とは出会ったけど、すぐには僕は変わらなかった。依然として自分のことばかり考えていてね。

智博と話をしていた時だ。ふっとこの言葉が浮かんできた。すると不思議なんだ。智博にこの言葉の意味を説明している僕がいたんだ。違う自分がしゃべっているようだった。伝えながらその言葉にどんどん諭されていったんだ。

それから少しずつ変わっていった。生き方そのものが変わっていったんだ」

「生き方、ですか」

「そうなんだ。宮下部長という師匠にも支えられていた。見守られていたということすら気付けなかった自分が以前はいたけどね。

その頃からなんだよ。ゴミを拾ったり、対向車に道を譲ったり、ひとつひとつ出来ることを増やしていったのは」

浦田さんといえども、初めからこんな感じではなかったんだ。何か親近感が湧いたように思った。

「知覧に行ったのもあの時だったな」

「知覧？」

「あぁ、鹿児島にある小さな町なんだ。大東亜戦争時代に若い特攻隊員たちが日本を守るため、後の日本人のため、自分の命を犠牲にして飛び立っていったところだ。そこに行って、今というのは自分勝手に生きているものではなく、託されて、そして僕たちは生かされているということを感じたんだ」

篤く語っていた。

「いろいろな気付きの中で、様々なご縁に包まれているということも知った。今まで気付いていなかっただけで、手を伸ばせばそこにあったんだということが分かった。不思議なご縁でお客様にもたくさんお会い出来てね」

「そうなんですね」

「僕は宮下部長の背中を追い続けた。ああいう人物になりたいって。そしていつかは僕がそういう背中を次の世代に見せられるように、磨いていきたい、そう思った。

今は宮崎にいらっしゃるけど、いつも思うんだ。宮下部長なら何て言うだろう、どう考えるんだろう、どう行動するのだろうってね」

背中。知っている言葉から、知らないものを感じた。

僕は今、どんな背中をしているんだろう。人に見せられるような背中をしているんだろうか。


「島村さんとその後は？」

「うん、会ってないんだ。でも志が同じなら、いつか必ずつながっていく。思うだけでいつも側に背中を感じられる。僕にとってあの人はそういう人だ」

そう言ってニコッとした。

「わしもそろそろ混ぜちゃらんね」

カウンターに小さなグラスが置かれた。

いつもより上機嫌なマスターといつもより遅くまでいる伊庭ちゃんと共に、多幸八の夜は賑やかさを増していった。

中山様のところでは、キッチンの補修工事での対応が評価頂いたらしく、追加のご注文を頂き、しかも違うお客様もご紹介くださった。

お客様ご自身から久留米のメンバーでと懇願され、浦田さんや白沢さんに相談して北九州支店と調整した結果、久留米の受注になった。工事のやり替えを久留米で負担していたのだから当然と言えばそうなのだろうが。北九州時代の上司の歯ぎしりが聞こえてくるようだった。

こうなることが分かっているんだったら、うちで工事したのに。嫌みで言われた言葉も意外だった。そのスタンスがすでに間違っていることを、中にいると不思議と分からないものなのだろう。

多幸八で浦田さんに言われた言葉が思い浮かんだ。

「いつからか僕たちは、ないものの数を数えていた。

人に比べてあれがない、これが足りない。

そうやって、苦しんできたんだ。

でも目の前にあるものの数を数えてみたら、こんなにもたくさんのものに包まれていた。それに気付こうとしなかっただけなんだ」

こんなに応援してくださる方がいるのに、素晴らしいお客様達に期待頂いていたのに、それに応えようともせずに目の前の小さな利益をどんどん奪おうとしていた。それでは信用を得ることなんて出来なかったんだ。

追えば追うほど逃げていき、与えれば与えるほど入ってくる。人の気持ちとは、案外そういうものなのかもしれない。

第九章

「純粋」

誰を幸せにしたいのか

「浦田さん、遅いな」

「そうですね、まったく連絡が取れないなんて」

時計は23時を指そうとしていた。風が窓ガラスをコツコツと叩いている。

「どうかしたのか?」

智博さんが心配そうに声を掛けてきた。ほかには小南さんと僕しかいない。

「いや、ずっと浦田さんと連絡が取れなくて……」

「そんなことあまりないけどな……」

風が強く窓を押した。早すぎる梅雨入りから1週間。雨は降らずに風だけが強かった。

その時人口密度の減った事務所に、けたたましくベルが鳴った。

「あ、浦田さん、どうしてたん……」

「ちょっと手伝ってくれないか?」

切羽詰まった声。緊急事態だ。

「行きます。どちらまで?」

「旭町の上田様というお宅だ」

「何が必要ですか?」

「ゴミ袋と雑巾。出来るだけ多く持ってきてくれ」

「はいっ」

受話器を置く。小南さんと智博さんを見た。

「どうした？」

「とにかく来てくれと。ゴミ袋と雑巾を持って、旭町の上田様だそうです」

智博さんがすぐに動き出した。緊急用の備品を倉庫から出した。小南さんは教えられた住所をもとに現地の地図を検索した。どうやらオーナー様ではないらしく、手間取っていた。戸締りをして、車を回した。二人が乗り込む。小南さんが道を示す。事務所から旭町までは5分で着く。続く赤信号に少しイライラしながらも現地に急いだ。

途中パトカーと消防車それぞれ2台とすれ違った。こんな時間に……。

邪魔にならないところに車を止め、言われた場所に向かった。車を降りた時に感じた焦げたような臭いが、次第に強くなっていく。向かい風の中を歩いた。

「もしかして……」

ようやくたどり着いた場所には、焼却場で見るような色をした物体がいくつも転がっていた。焦げた缶やビン。臭いが辺りに充満しているようだった。

「ごめん、弘道。あぁ、みんなごめんね。大変なことになってね」

「いったいどうしたんですか？」

額を汗と黒いススでいっぱいにした浦田さんが、乾いた唾を飲み込んで言った。

「20時くらいだったかな。ちょうど近くを通りかかった時に、2階から火の手が上がっているのが見えたんだ。窓から炎が見えた。すぐに119番通報をして、家のインターホンを押した。1階にいたご家族は気付いていなかったらしい。僕の言うことにびっくりして、ご夫婦はもとより中学生のお嬢様がパニックになっちゃったんだ。まず助け出すのに一苦労だった。それから隣の人たちに声を掛けて、お風呂のお湯をバケツに汲んで、二階の部屋の火を消そうとした」

「そんな無茶したんですか」

「あぁ、とっさに体が動いていた。とても消せるような火ではなかったけどね。それから来た消防車がその部屋に粉を振りまき、放水をしまくって一応火種はなくなったはずだ。警察も来て、放火の可能性がないかと事件性を探ってたけど、結局タバコの火の不始末だったようだよ」

焦げた臭いがする階段を上がっていくと、ピンク色の粉がいたるところにまかれていた。ご主人だろう、床をモップで拭いている男性がいた。

「ご主人、うちの会社の同僚が来てくれたんで、もう少し後片付けだけ手伝わせてくださ い」

「あぁ……。本当に、何から何まですみません」

ご主人は力なく言った。

「大丈夫ですよ。僕も乗りかかった舟ですから、ご遠慮なく」

うなだれるように頭を下げた。タバコとは、ご主人が消し忘れたものなのだろうか。そっと寄り添う優しさが浦田さんらしかった。

「さあ、とにかくこのススを拭きあげてしまおうよ」


こんなに隅々までいきわたるものなんだ。

とりあえず応急処置まで終わらせて、ご家族が休めるように。そのお手伝いをするはずだったが、作業は簡単ではなかった。火のないところに煙は立たない。でも少しの煙でもくすぶっていたら、火に変わってしまうこともある。そういう感じですべての可能性に放水された水は、家のいたるところを水浸しにしていた。下手したら火の被害よりも水の被害の方が多いんじゃないか、と思われるような水の量だった。ススと粉と水と。それらすべてがいたるところに入り込んでいた。家族で映った写真が何枚もダメになっているのを見ると、いたたまれなかった。

「これくらいで済んで本当に良かった。もし家族の身に……」

ぶつぶつ言っているご主人の背中がなんとも悲しげだった。

ご家族がお休み出来るくらいまでにとにかく最低限の片付けを。2時間を過ぎてもなお見えない出口に、その場にいる誰もが疲れの色を隠せないでいた。


風がまたコツコツと窓を叩きだした。

時計を見るのも忘れて一心不乱に掃除をしていた。

ご主人が脚立に登って、溶けてしまったエアコンのカバーを外そうとした時だった。

グラッとしたご主人がその上から落ちてしまいそうになった。

完全にバランスを失っている。

危ない。

その感覚だけで、あとは体が勝手に向かっていった。間に合え。無意識だった。ご主人の体を支えようとした。しかしスローモーションに見える光景の中、意識のスピードに届いていない僕の体が違う動きをしていた。足が思うように進んでいない。目の前の1.5mほどの高さからゆっくりと頭から落ちていく。

支えることに間に合わなかった僕は、ご主人の体の下に自分の体を滑り込ませた。一瞬だった。

ゴツン。

もの凄い音。それが自分の体から発せられたものだと気付くのにしばらく時間が必要だった。痛みは後からやってきた。激痛。後頭部をしこたま打った。

「大丈夫ですか！」

すぐに起き上がったご主人が覗き込む。

「だいじょ……」

体を起こそうとしたが目まいがしてすぐに倒れた。

「弘道、大丈夫か！」

「痛……」

隣の部屋から智博さんと小南さんも入ってきた。

「え、ええ。大丈夫……です」

浦田さんの声が遠くで聞こえていた。浦田さんが離れていっているのかそれとも僕自身が遠ざかっているのか？

「弘道！」

叫んでいるのか？　でも相変わらず近くからの音はしない。

視野が狭くなる。次第に近くのものが遠ざかり、目の前の光景が小さくなると同時に視界の端からぼんやり白くなっていった。

「雲……ですか？」

「何言ってんだ弘道。大丈夫だから」

「しっかりしろ！」

「僕は……」

もう声は聞こえなかった。雲が視界のすべてを奪い、目の前が真っ白になった。

そして闇に向かった。


三角形の空き地だった。

団地の前で、いつも近所の子供たちで野球をする。カラーバットとゴムボール。

物置をバックに構えるバッター。小学校3年生、いっこ上の幸ちゃん。

振りかぶった腕を思いっきり回した。

ポーン。

僕が投げたボールを駐輪場の屋根の遥か上に叩き込んだ。いつものように悠然と三角のベース間を回っていく。山ちゃんは向こうの駐車場の方にボールを探しに行った。

「はい、逆てーん」

チーム分けが不公平だった。明らかに偏った構成。

悔しかったのだろう、僕は平らなマウンドで泣いていた。こらえてもこらえても込み上げてくる悔しさ。止めようとすればするほど、涙が溢れてきていた。

足音。

日曜日にも出勤する父が団地のエレベーターを降りて、駐車場に向かっていた。その直線上に、僕がいる。

ザッザッザと音を立て、一歩一歩近づいてくる。

目の前で立ち止まった。

我が子を抱擁するのかと思ったその瞬間だった。

バチーン。

「泣くんやったら遊ぶな!」

再びザッザッザッザと音を立て、そしてその足音は駐車場へと向かっていった。

右の頬が痛い。

それでまた泣く僕。

「弘道の父ちゃん、こえーな」

厳しくしつけられた。それが当たり前だった。

その父の声が小さくも力強く聞こえてきた。


「戻ってこい」


頭がくらくらする。眉間に寄ったしわを少しずつ緩めると、まぶたに光が指しているのが分かった。

「あぁ、意識が戻ったみたいですね」

知らない声がした。どこだろう、ここは。

起き上がろうとした、だけだった。体中がピシッといって、動けなかった。

「大丈夫だからじっとしてろ」

浦田さん。

「無茶したな。でも良かった、意識が戻って」

「あの、僕は何を？」

「軽い脳震とうだそうだ。車に乗り込む前に意識を失ったから心配したぞ。午後は脳の精密検査みたいだ。とにかくゆっくりしてろ」

「はい……うっ」

返事をしようとしたら胃のものが逆流してきた。ベッド横にあった袋に顔ごと突っ込んだ。

「大丈夫か、弘道。内臓には損傷はなさそうだったから、しばらくの辛抱だ」

「はい……」

もう一度横になり、また目を閉じた。


窓にかかっていたレースが大きく揺れていた。

昼下がり、目が覚めると小南さんが座っていた。

「起きたか？　気分はどうだ？」

「はい、もう大丈夫です」

「まぁ、頭を強く打ったみたいだからゆっくりしてな」

小南さんが、意識を失っていた間のことを教えてくれた。

どうやら僕は、上田様のクッション代わりになって、そのはずみで後頭部を強く打ってしまったらしい。ご主人は幸い無事だったそうだ。

病院に連れて行こうとしたところで意識を失い、浦田さんと智博さんと小南さんと上田様とで車まで運んで頂いたそうだ。片付けは途中だったが、上田様に挨拶をして後にしたらしい。

自分もついて行くとおっしゃられていたご主人にも、ご家族がまだ落ち着いていないはずだからそばにいてあげてくださいと固辞した。

連絡先も何も伝えずに出ようとしていたので、ご主人がかなり恐縮して引き留めようとしていたそうだが、何かのご縁で通りかかったのでお力になりたかっただけだからと、結局何も残さずに出てきた。最後までご家族の不安を軽くするように配慮しながら。

浦田さんらしい。

通り抜ける風が気持ちよく感じた。

「それにしても無茶したな」

「ええ……。危ないと思ったら、体が勝手に動いていました」

「あちらのご主人もお前がいてくれて本当に良かったな。下手したら大変なことになってる」

「結構な高さでしたから。でも、良かったです。あの状態から無事だったんですから」

「お、頭打ってまた人が変わったんじゃないのか?」

「何言ってんですか。そんなことないですよ」

二人で笑いあった。またレースが大きく揺らいでいた。


例年より早い梅雨入りだったが、雨はあまり降っていなかった。それでも湿度は高く、ジメジメした日が続いている。

精密検査でも異常はなく、翌々日から仕事に復帰した。

「あまり無理しなくていいからな」

白沢さんが優しく言った。赤のネクタイが輝いていた。

「もう2日も経ってますし、大丈夫ですよ」

「そうだね。でも何か変だと思ったらすぐに言うんだよ」

本当に父親のような優しさを持った人だ。そう思った。

昼前だった。受付に立った男性が辺りを見回し、やがてこっちに向けた視線をそのまま止めた。どこかで……。あ、上田様のご主人じゃないか？

「いた。良かった」

深々と礼をしたご主人は、受付の井上さんに伝え、僕を呼び出した。

「先日は、本当にありがとうございました。そして怪我までさせてしまって……。もう何と申し上げたらいいのか」

応接コーナーに上田様を促した。何度もお辞儀をしながら、座られた。

「お手伝いも途中ですみませんでした。その後大丈夫でしたか？」

「いいえ、そんな……。どうもありがとうございました。私自身も突然のことで途方に暮れていたので、お気遣いがとても嬉しくて。しかも名乗ってくださらなかったので、お礼にも伺うことが出来ずに、ずっと気になっていたんです。あの……」

「あ、坂木です」

「あぁ、坂木さん。私を体を張って助けて頂いてありがとうございます。お身体は大丈夫なんですか？」

「はい、ご心配なさらずに」

「そうですか、良かった……。本当にありがとうございました。これ、みなさんで」

大きな包みを取り出した。

「こんな……。頂きものをしちゃうと浦田に叱られてしまいますから」

「あ、浦田さんとおっしゃられるんですね、先日の方は。ずっと助けていただいて。浦田さんがいらっしゃらなかったら、もっと被害はひどかったでしょうし……。今いらっしゃいますか？」

「いえ、出かけています」

「そうですか、また改めて出てまいりますので、よろしくお伝えください」

そう言って支店のみんなでも食べきれないようなお菓子を置いて行かれた。何度も何度も頭を下げながら。


「そうか、いらっしゃったんだね」

お菓子を手に取り言った。

「ええ、また来るとおっしゃられていました」

「かえって気を遣わせてしまったんじゃないだろうか」

「そうですね。でも何で分かったんでしょう?」

「多分山田さんの仕業だな」

「山田さん?」

「あぁ、保険をされている方なんだけど、昨日電話がかかってきてね。どうやら今回の火事の件で、火災保険のお手伝いで上田様の所に行かれていたそうなんだ。そこで上田様から話を聞いた山田さんが、そんなことを名乗らずにするのはもしかしたら浦田のところなんじゃないかって言ったらしいんだ。背格好も似てるし」

「それで訪ねてこられたんですか……」

「たまたま通りかかっただけで、ただ助けてあげたかっただけだから、逆に申し訳なかったな」

頭をかいていた。

本当に損得抜きで動ける浦田さんってすごいと改めて思った。そしてそのお手伝いが少しでも出来たことを嬉しく思っていた。

翌日また上田様のご主人がいらっしゃった。

浦田さんに補修工事の依頼をされていた。注文が欲しくて助けたのではないので、無理にお願いされなくてもいいし、せめて他の所でも見積りを取られたらどうかと提案していたが、ご主人はかたくなに補修は必ずいることだし絶対にしないといけないことだから、とにかくレインボーリフォームの浦田さんたちにお願いしたいんだと強く訴え続けた。

恐縮する浦田さんと懇願する上田様。遠くから見てるとなんだかその光景が変に思えた。目を吊り上げて営業をしていたかつての自分と照らし合わせると、その不思議さは更に大きくなった。

「ああいうところも、やっぱり浦田さんらしいよな」

小南さんがニコッとしていた。

「まったくです。本当にすごい人だ」

本音でそう思う。僕もこの人になら任せたい。そういう思いを抱いていた。


筑後川の花火大会まであと一週間。久留米の街は祭りの準備でにぎわっている。

事務所に帰り注文書の申し送りをしていた。

キッチンのリニューアル。奥様の幸せそうな顔が忘れられなかった。それを横で眺めるご主人も本当に嬉しそうだった。

「弘道、おめでとう」

浦田さんが肩に手を置く。

「はい、ありがとうございます。今回の提案は本当に喜んで頂けて、皆様ワクワクされていました」

キッチンの明るさと収納量の解決で相談を受けたのが二週間前。リフォームせずに解決する方法を一緒に考え、提案してきた。その上で、どうしてもここだけは工事をやった方がいい、その点を素直にお伝えした。快諾された上に、他の部屋のリニューアルまで依頼をされた。

「お客様のために一緒になって考えつくしたからだよ。お客様の笑顔が見える提案だったよね」

「はい。僕の方が盛り上がったくらいです」

そう言って、お互いニコッとした。

久留米に来てすぐに智博さんに言われたことがある。

お役に立って、問題解決のお手伝いをした先に、初めて利益を頂ける。言われた意味を最近になって実感していた。

恐怖心をあおっていたような以前のクロージングを忘れてしまうほど、僕も、そしてお客様も、笑顔の中で未来を語り合いながら注文頂く、そういう契約がどんどん増えていった。


八月五日。

夜を感じさせる前から、辺りは祭り気分一色になっていた。

浴衣姿のカップルや小学生で歩行者天国がいっぱいになる中、僕たちは上田様のお宅のバルコニーにいた。

上田様が、補修工事の完了と今までのお礼にと、花火パーティーを催してくださった。この機会に少し広くしたバルコニーで、福岡最大の花火を観ようと、関係者が呼ばれた。

「今日は火を使いませんのでご安心を」

近くの焼き鳥屋さんでたくさんの串焼きを買ってこられたご主人が、茶目っ気たっぷりにおっしゃった。完全に元気になられているようで嬉しかった。

「皆様のおかげでご近所様への迷惑も最小限となり、こうして宴を催せるまでになりました。皆様と出会っていなければ、私ども家族の運命も大きく変わっていたことでしょう」

ご主人が言葉に詰まった。

「すみません……。でもこうして、今無事にここにいる。この素晴らしい今に、乾杯したいと思います。乾杯！」

涙をこらえきれずにいるご主人とグラスを合わせ、僕の目も涙でいっぱいになった。浦田さんはすでにボロボロ涙をこぼしている。


君は誰を幸せにしたいのですか？


あの問いがまた浮かんできた。

今、目の前にいるこの人たちを、本当に幸せにしたい。

僕に出来ることはちっぽけなことかも知れない。それでも何かのご縁で出会わせて頂いたこの目の前にいる方のために、僕が出来ることをやって幸せに導きたい。今は素直にそう思える。


轟音。

目に映るすべての空を覆うように、一面大きな火の花が咲いた。

あまりの迫力にちょっとたじろいだ。

「さあ、久留米の祭りへようこそ」

ご主人が皆のグラスにビールを注いでいった。

第十章

「必然」

起こるべくして起こり、出会うべくして出会う秋を迎えようとしていた。
短すぎる秋。
毎年夏の終わりが伸びているようで、クールビズの早すぎる終わりが悲しくもあった。

しかしそんな思いを吹き飛ばすくらい、僕たちの受注は伸びていた。ご紹介がまたご紹介を呼び、ご縁にご縁が重なって、まさにビッグウェーブが来ているようだった。北九州にいた時には感じることが出来なかったような連鎖。

そして頂いたご縁には、また丁寧にお手伝いする。とにかくお選び頂いた方に一番のサービスを。目の前の小さな利益よりも、それを捨ててでもその奥の大きな信用を。その姿勢が次のご紹介に繋がっていった。

向こうにいる時には気付かなかったが、ここにいるとなぜこの連鎖が起こるのか良く分かった。これは両方を知っている僕だから分かることなのかもしれない。

それに対し北九州の支店は明らかに低迷していた。今もなお契約キャンペーンを繰り返し目の前の利益を追い求めているように、僕は感じた。

「浦田さん、ただでさえすごいのに、坂木まで入ってしまうと勝負になりませんよ」

智博さんがこっちをチラッと見ながら少しにやけて言った。

「そうだよね。本当に弘道のおかげだよ」

浦田さんも悪乗りしている。

9月の半期決算を迎え、浦田さん率いる一課が社内トップで終えそうだった。僕も長い間苦しんだ後は、それがまるで嘘かのようにご縁が広がりご契約が続いた。

北九州時代の同僚からも電話がかかってくる。「どんなコツがあるのか」と聞かれるたびに、そんな上辺のテクニックなんかないと言っていたが、その都度「やっぱり隠すんだな」と妬まれた。分からないでもない。僕もそうだったのだから。

本当にそんなんじゃないんだ。この人たちは。


「おはよう」

「あ、おはようございます」

ハトが足元に寄ってきた。一番大きな白い毛のハトが他の二羽を従えるかのように、僕たちをめがけて歩いてきている。あげるものは何も持っていないんだけれど。少し申し訳なく思った。

一通り公園のゴミ拾いを終えた僕たちはいつものベンチに座った。飲み屋街の近くにあるこの公園には、吸い殻や空き缶が多い。

朝日の位置が随分動いてきていた。どんどん南側になってきている。季節が変わるということを、太陽が昇ろうとする位置から気付かされていた。

「今日は『恩を刻む』ということについてにしよう」

「はい、お願いします」

缶コーヒーのプルタブを開けた。

梅雨が明けた頃だった。

加藤様にご注文頂けて以来、少しずつ契約が増えていく中で、謙虚な心が失われないようにと、浦田さんにお願いした。

「早朝ミーティングをお願い出来ませんか?」

いいよ、と言った後に聞き返した。

「ちなみにどんなこと?」

すごいな。何も聞かずに承諾をして、それから内容を聞くんだ、この人は。やっぱりお願いして良かった。

「突然すみません。浦田さんに、スタンスについてのレクチャーをお願いしたいんです」

「スタンス？」

「はい、在り方とでも言うのでしょうか。

僕は、ご存じのとおりテクニックばかりを学ぼうとしてきました。そうやって営業として生きてきたんです。でも、それは氷山の一角で、その何倍も大きなものが海面から出ないところにあるように、支える大事なものだということに改めて気付いたんです。いいえ、気付かされたんです。

僕は営業としての、というより人としての在り方、それを浦田さんから学ばせて頂きたいんです」

右手で髪をかきあげた。というよりずりあげながら、そのまま頭をかいていた。

「僕、でいいのかい？」

「もちろんです」

「僕なんかがどれだけのことを伝えられるか分からないけれど、精一杯やらせて頂くよ」

あえて会社ではないところでという僕のわがままで、場所は公園になった。早朝。ジョギングをする男性や、犬の散歩をする女性、出勤途中のビジネスマンもいる公園で、男二人でベンチに座っていた。

浦田さんが今まで学んできたこと、気付いてきたこと、向かおうとしているところ、そういうことをじっくり一時間ほど聞かせて頂いていた。

『損の道を行く』や『坂道』など、若い時の経験も踏まえ教えてくださる一時間は、僕にとって至福の時間となっていた。

目先の利益を追っていた僕が懐かしいと感じる程、浦田さんや久留米のメンバーとの時間が素晴らしいものに変わっていった。

「『掛けた恩は水に流し、受けた恩は石に刻む』という言葉があるんだ」

「水に流し、石に刻む……」

「僕たちは、一人で生きているわけでなく、人と人の間で生きているよね」

「はい」

「そうやって助け合って生きているわけだけど、知ってか知らずか、他の人に善意を与えることがあるだろう?」

「そうですね」

「その善意に、もし見返りを求めたとしたら、それって何だろう？」

見返り？　少し考えた。

間を取って静かに言った。

「それってさ、ただの取引にならない？」

取引？　あっ。思い当たる節がごまんとあった。

「そ、そうですね……」

「やっぱり経験あるんだね。でも誰でもやってしまうことなんだ。掛けた恩をいつまでも引きずってしまうんだね。こういうことを『してあげた』のにってね」

ニコッとした。図星過ぎて顔が引きつった。

「だから、いいことは与えっぱなしにする。してあげたんだったら、もうあげてるんだからいつまでも引きずらない。そういうことが大事なんだね」

「はい」

向こうの方でトレーニングウェアに身を包んだ40代の男性が、ひざがお腹につくくらい上げながら、公園を走って横切った。

取引。そう言われることを、今までどれだけしてきただろう。これをやったんだからこ

会社は自国の国民を本土に連れ帰るために必死で、他国の国民を乗せる余裕なんてなかった。日本人は乗れる飛行機が来るという保証もないまま、家族でただその時が来るのを待っていたんだ」

そんなことがあるのか。でも……。

「自衛隊は？」

「残念ながら出動出来なかった。当時の法律が、それを許さなかった。超法規的な対応も、政党のしがらみがそれを拒んだんだ」

命よりも大事な政党のしがらみっていったい何なんだ。

「でも、航空会社があるんだから、飛行機さえ飛べば……」

「そう、実は飛ぼうとしていたんだ。危険を冒してまで、現地日本人を助け出そうとする気概のある機長がいた。５００名弱を乗せられる飛行機の操縦席で、その男は指示をただ待っていた。無差別攻撃の時間帯に、間に合うかどうかというギリギリの時間帯だったそうだ」

すごい男がいるもんだ。いつ撃ち落とされるかもしれない状況の中で飛ぼうとする男。真のパイロットだ。

「しかしその機は滑走路を走ることすら許されなかったんだ」

「労働組合の反対が入るんだ。命を落とす可能性の高いフライトを、許すわけにはいかないってね。従業員の安全を第一に考える側としては適切な判断なんだろう」

「でも、それじゃ……」

「八方がふさがったんだ。現地日本人の脱出が、絶望的になった。大使館も寝ずに策を弄した。それでもだめだった。

誰もが、もう脱出は不可能だと思った。


でもその時にある国が一機の旅客機を、日本人の為に用意してくれた。

それが、トルコだったんだ」

トルコ……。確か中東の方にあった国だと思う。アジアの中でも最も遠い国が、なぜ？

静かに続けた。

「彼らは口々に、『百年の恩を返す時だ』と言った」

「百年？」

「そう、百年。トルコと日本の間には、語り継がれるストーリーがあったんだ」

視界にいたハトが一斉に飛び立った。朝日をバックに飛び立つ姿が、なんとも爽快に感じた。

「トルコは昔、オスマン帝国として地中海を囲む多くのエリアを征服し栄華を極めていた。1890年。その頃はもう帝国の衰退期だったそうだけど、日本からの小松宮親王の表敬訪問への答礼として、大使節団が日本にやってきていた。その使節団が乗ったエルトゥールル号という木製軍艦が和歌山県沖で台風に襲われ、沈没してしまう事件があるんだ。

その時に和歌山県にある串本町の住人たちが、危険を顧みず力を合わせて69名もの乗組員を助け出した。誰に命令されるでもなく、ただ人が困っている。それだけで住人たちは自らの命を惜しいとも思わずに荒波に飛び込み、そして坂を背負って歩いた。それは壮絶な救出劇だったそうなんだ。

そして助け出された乗組員は、後に日露戦争で活躍する秋山真之らと一緒に、オスマン帝国に無事に送り届けられることになるんだ。それには国を挙げて感謝してくれた。

その後、トルコに国が変わってからも、国民たちはこの時の恩を忘れないようにと、エルトゥールル号救難秘話として教科書にも載せて次の世代に伝え続けた。

それだけじゃない。その後に起こった日露戦争で日本が勝利したことも、トルコ国民の心に刻まれた」

「え、どうしてですか？」

「ロシアはとても大きくて強い国だったんだけど、冬に凍らない港を持たない国なんだ。だから不凍港を求めて、南下政策を続けていた。東アジアでは日本がそれに脅威を感じていたが、西アジアではトルコが同じくそれを怖れていた。もしかしたらロシアに統合されるかもしれない。日本がそうであったのと同じく、そういう恐怖の中にトルコ国民はいたんだ。

　そのロシアとあの日本が戦い、いまだかつて白人の国に勝ったことのなかった有色人種の国が勝利を収めた。歴史が有色人種を認めた、一種の事件だった。これは国というより、国民すべてが喜んだ。まぁ、トルコだけでなく、アジア全土、そして有色人種のすべてが勇気をもらうことになるんだけどね。ちなみにこの日本の勝利にも、実は黒海艦隊を足止めしようとしたトルコの活躍が一躍担っているんだ。

　このエルトゥール号救難と日露戦争。日本から受けた恩というものを、ちゃんと子や孫へと語り継いでいった。そうやって、国民の誰もが胸に刻み込んでいくんだ。


　いつの日か、必ず日本に恩返しをしなければならない。

100年という時が経った。

そしてイラン・イラク戦争が起こったんだ」


あまりに長い年月。今から遡ると第一次世界大戦の頃だろうか。祖先のうちの誰がいたのかすら分からないような過去を思い浮かべ、忘れないということの難しさを感じていた。

「テヘランの空港内には、日本人もトルコ人もいる。リミットまであと数時間。もう他の国の人々はとっくにイランを後にしていた。

トルコの飛行機が2機飛んできているのにも関わらず、1機は日本人のためのもの。トルコ大使は取り囲んでいる国民にその事実を伝える責務を負った。切羽詰まっている国民を前に、大使は凛とした姿勢で立った。

『今、みなさんのために1機の飛行機がここを目指して飛んできている。そしてもう1機。トルコ政府が日本人の為に用意した飛行機が飛んできている。我が国から来ている飛行機は、その2機だけだ』

トルコ国民が日本人の集まりに目を向けた。そしてその目を大使に戻した。

『その1機ではみなさんをすべて乗せることは出来ない。当然不満もあるだろう。だが、我々は誇り高きオスマン帝国の末裔だ。皆、幼い時より聞かされているだろう。

父から、祖父から、先生たちから。エルトゥールル号の恩を、日露戦争の恩を。その恩に報いるため、この1機は日本の為に使わせてほしい。今こそ、100年の恩を返す時だ。その時がまさにやってきたんだ』

大使は声高らかに言ったんだ。居合わせた日本人のほとんどは大使の言っている本質を理解出来ずに、そしてもちろん口を挟むことすら出来ずに、固唾を飲んで行く末を見守った。

しばらくの沈黙があった。

そしてある若者が立ち上がった。

『そうだ。大使の言う通りだ。我々はオスマンの末裔なんだ。かつての日本の恩に応えよう』

一人また一人と、その声はトルコ国民の間に広がっていった。

顔を上げないようにしていた日本人のうち、数名の顔が上がった。

その時ある老人が力ない声で、飛行機に乗れない国民はどうすればいいんだと聞いた。

ほとんどの日本人がその答えに耳を傾けた。

別の男が言った。

『歩けばいいんだ。地図を思い出してくれ。イランと我が国とは、山を挟んで陸つなぎだ。なあに3日も歩けば辿りつく。歩いて帰ろうじゃないか』

その声にトルコ国民が賛同した。

『1機だけで日本人はすべて乗れるのか?』

『いや、無理だ』

『ならば、トルコ国民の為に来た飛行機にも、まず日本人を乗せたらいい。我が国から来る飛行機に日本人をすべて乗せ、空いたところに我が国の子供や年配のものを乗せよう』

『そうだ、それがいい』

『俺たちは大丈夫だ。日本国民よ、生きろ』

トルコの人々は皆一様に、先代の恩を返す時だと盛り上がっていた。それはとても緊急事態であることを感じさせないようなものだった。

その場にいる日本人のほとんどが知らないであろうことを恩として、自分の命も顧みずに、自らの権利を放棄して地球の反対側の国民を助けようとしたんだ。

そこにいたすべての日本人が、ここを離れられる希望を与えられた安堵と、それを100年も前の出来事を恩に感じ自分たちに譲ってくれたことへの感謝で、涙が止まることはなかった。

日本に戻れる。家族は抱き合って喜んだ。

そしてトルコの人々のもとへ駆け寄った。言葉では言い表せない感謝を胸に。二度と会わないかも知れない命の恩人たちに、ただただ思いつく限りの言葉を涙ながらに伝えていた。日本の大使たちも奥歯を強く噛みしめて、そして止められない涙で頬を濡らしていた。

2機の飛行機はイランの地を離れた。すべての日本人を乗せて。

国境を超えたのは、通告時間まであと4時間。その後に国境を超える飛行機は1機としていなかったんだ」

すさまじい話だった。今仮に反対の立場にいて、そこまで結束して恩を返そうというような行動を僕たちは取れるんだろうか。武士道。そういう精神をトルコの方々に見た気がした。

「恩を刻む。分かるかい？」

返事は出来なかった。言葉ではなく、目で、視線で浦田さんに返事をした。

口は堅く結んでいる。そうでもしていないと感動と共に出てきそうな涙を止めることは出来なさそうだった。

浦田さんの言おうとしていることが、どんどん胸の奥に染みこんでいくように感じた。

恩を刻む。僕は今、目の前の恩をどう返していけるだろう、そんなことに思いを巡らせている。

遠い背中。

近いとばっかり思っていたそれが、近づけば近づくほど遥か遠いものだったのだと気付かされる。

いつかこの人の背中に追いつきたい。こういう背中を見せられる人物になりたい。


「浦田さん」

「何?」

「本当にありがとうございます」

「どうしたの?」

「何と言ったらいいのか分からないんですが、本当に浦田さんと出会えて良かった、それだけは間違いなく思っていることです」

ニコッとしていた。

「僕はずっと少しでも得をしようとか、効率よくこなそうとか、そんなことばかりを考える男でした。それが優秀な証拠だと思っていたんです。

浦田さんの印象も、最初は効率の悪い、ただのお人よしとしてしか映っていませんでした。それは以前の価値観という眼鏡で見ていたからなのでしょうが……。

久留米に来て、こんなに生き方そのものを考えさせられるとは思ってもいませんでしたし、僕自身がこんなに変わるとも思っていませんでした。本当に素晴らしいご縁を頂いたと感じています」

少し照れ臭く思った。こんなに人に対して素直にありがとうと言ったのは初めてかもしれなかった。

「弘道は本当にすごいな」

「えっ」

「人に正直に感謝を伝えられるのは、なかなか出来ることじゃないよ。君が持っている人間力だ」

「いいえ、そんな……」

「僕に出会ったから変わったんじゃないんだよ。僕はただのきっかけにすぎない。もともとそういう風に導かれていたのかもしれないね」

スーツ姿のビジネスマンが多くなってきていた。この時間が終わりに近づいてきていることを示していた。

その時、ふと思い出したように浦田さんが細かい息を吐いた。

「あ、そう言えば、以前話していた島村さんと撮った写真、あったよ。実家に置いてあるとは思わなくて。長いことお待たせしてしまったね」

そう言って写真を取り出した。

あぁ、あの時の写真だ。多幸八での会話が蘇ってきた。

写真を覗き込む。生き生きとした人たち。

浦田さんも嬉しそうに人差し指を立てていた。


その時まさかと思える顔があった。

「あ、あれっ」

写真の右上で目が止まった。一瞬で記憶を辿っていた。頭の中のいろんな引き出しを開けては閉じ、閉じては開け、そんなことを繰り返す。

間違いない。

両腕に鳥肌が立った。

思い出の片隅に今も残っているあの顔。

「浦田さん……、この方です」

「え？」

キョトンとした顔をした。

「僕が学生の時に出会った人です」

「え？　あ、もしかして」

「はい、この人に出会って、営業になりたい、そう思ったんです」

割烹料理の店で会った、あの引き込まれそうな笑顔がそこにあった。

「そうなんだ。すごいご縁だね」

まさか営業の世界に入るきっかけをくれた方に導かれるように、今目の前に同じ志の人がいる。これは仕組まれた運命なのだろうか。

「島村さんと出会っていたのか、やはり僕と弘道も会うべくして会ったんだね。必然だったんだ」

「必然？」

「永業塾塾長の言葉にもあるんだよ。

人の出会いは必然です　それはすべて成長のための必然です

永業塾塾長

苦しい時、つらい時、人生の岐路に迷った時、そういう時に必ず僕たちは出会うべき人に出会う。それは少しでも良い方に行ってほしいという天の計らいなんだろうね」

「浦田さん」

「何？」

「島村さんにはその後会われてないんでしたよね？」

「うん、3年前からお会いしていないね。でもいつも心の根っこの部分でつながっていると思っているよ」

「僕もいつか会えますかね？」

「あぁ、会えるさ。君にとってのベストのタイミングでね」

ニコッと笑いあった。

会うべくして会った。そういう縁というものがあるのだろう。

浦田さんと出会っていなければ、僕はいつまでも目を吊り上げて、いつもしかめっ面をして、周りに迷惑をかけていることにすら気付かずに自分勝手に生きているつもりになっている、そういう生き方をしていたに違いない。

信用を失い、それをすべて周りのせいにして苦難の道にはまり込む。間違いなくそうなっている。

この出会いのおかげで僕は変わった。

そしてそれを、今度は次の世代にバトンを渡すように、僕自身がこの背中を磨いていかなければならない。

目の前の遠い背中がそう語っている。


僕に出来るだろうか。

いや、やるんだ。出来るかではなく、やるんだ。

頂いたご恩を送っていくために。

僕がやるんだ。

生き続ける限り、この背中を磨いていこう。

エピローグ

久留米に来てから3回目の春が訪れていた。

ふと道路を歩いてみたくなり車を止めた。前の車も同じ気持ちだったようだ。

運転席を降りると辺りを見回し、大きく息を吸い込みながら笑顔になっていた。僕も同じだった。

篠山城に向かう道には覆いかぶさる桜の並木がピンク色に染まり、短い時間を楽しんでいるようだ。春の香りはここから発せられるんだろう。風の行先を思い描き、また笑顔になった。


今度うちの課に、新人の営業が入ってくるらしい。僕の新入社員時代が懐かしく思えた。

ふと6年前の自分が目の前に出てきた。

希望に燃え、野望に満ち、不安に心を支配されている、そういう自分自身が蘇ってきた。

あれからどのくらい僕は成長の階段を上っているのだろう。どれだけ追いつきたいと思った背中に近づいているのだろう。


「今度の新人は、弘道に見てもらおうと思うんだ」

ミーティングの時に浦田さんがおっしゃられた。小南さんは何も言わずに細かくうなずいた。浦田さんもうなずいている。

「僕、ですか?」

「あぁ、次の世代が入ってくるんだ。

頼むぞ」

頼む。その言葉の重さを、今改めて感じていた。

先んじて生きる方々に導いて頂いて、そのご縁に気付かせて頂いた。

これからは僕自身が、同じように導いていく番。そういうステージが迎えに来たんだ。

「僕が大好きな言葉なんだよ」

浦田さんがハガキを一枚、目の前に置いた。このドラえもんの4次元ポケットのようなところから、いつも僕にぴったりの言葉を取り出してくれる。

そこには、また僕が生きていく上で、軸がぶれないように諭してくれる筆文字の言葉があった。

空より高い志と　海より深い慈しみ　そして太陽の如く輝く希望を

永業塾塾長

今度は僕自身が次の世代に対して、この志を持ち、慈しみの心で、希望を示していく番なんだ。

追いたいと思ってもらえるような背中を見せる時だ。

僕は営業というこの生き方を貫く限り、追い求め続ける。

テクニックではなく在り方の大切さを。

利よりも信を選ぶ生き方を。

そして歩み続けるこの永業としての背中を。

完

おわりに

『永業という道』

前作を書き終えた時には想像もしていませんでしたが、浦田賢二という主人公が、出版以降私の前を歩きだしました。

「これは香月さんの体験談なんですよね」

フィクションとノンフィクションの狭間で、何と答えていいか分からないまま、浦田が自らの道を歩み出し、私自身が彼の生き様に恥じない生き方を目指す、そんな図式が構成されていきました。

ビジネス書でありながら、テクニックがまったく書かれていないという、異質なビジネス小説を出版させて頂き、そして多くの方々に実際に手に取って頂いて何かを感じて頂いた。ご縁の持つ力というのを学ばせて頂きました。

本作では、その浦田と新たな主人公坂木に、また新しいメッセージを背負って登場してもらいました。

今の日本を見た時に、目の前にあるものの数を数えることなく、ないものの数を数えることが当たり前になり、感謝を忘れて苦しむ方を多く見るようになりました。

人は執着したものに苦しむと言いますが、「モノ」に執着してしまった現代人は、限られた「モノ」の数を奪い合い、それがもとで、効率やテクニックを求めるようになったと感じています。そしてそれが人を傷つけ、最後には自分自身も傷つけている。これだけ豊かでありながら、毎年交通事故での死亡者数の8倍もの方が自ら命を絶ち、その更に数十倍の方々が心を痛めているという異常な現実は、この執着から生まれたものではないでしょうか。

目の前の小さな利益や効率やテクニックへの執着を手放し、周りの方の笑顔や喜びの中で幸せを見つけていく、そしてそういう人こそが本物の繁栄を手に入れる。そんな時代が来ていると思います。

次世代に誇れる今をつくり、かっこいい背中を見せるということの、何かヒントをこの本から得て頂ければ幸いです。

前作から使わせて頂いている「永業」というフレーズは、「永業塾」からお借りしています。

中村信仁先生が全国で開催している『永業塾』。

そこでは、本質的な技術を習得すると共に、その技術を生かすために営業人はどうあるべきかという、心の部分、在り方というものを仲間たちと学んでいます。

お客様の利益を守るために、本物の営業人がここから育っていくことが、次の世代の日本のために必要なことだと、塾生の誰もが思っています。

今回、登場人物として、様々な方の名字やお名前を拝借しています。勝手を詫びますと共に、いつもご指導頂いていることに感謝申し上げます。

続編を形にするために、いつも最高のアドバイスをくださいますエイチエスの斉藤和則専務、このご縁を作ってくださり常に道を示してくださる中村信仁先生、お二人のおかげでこの本が出来上がりました。ありがとうございます。

どんな時も心に光を灯してくださる北川八郎先生、導きに感謝いたします。

そして何があってもそばで笑顔をくれる裕美、蒼敬、琉空、美海、みんなのおかげで笑顔を忘れないでいられます。
最後に、いつでも手放しの応援をくれる両親に、尊敬と感謝を贈ります。

香月敬民

参考文献

「営業の大原則」　中村信仁　エイチエス

「営業の神さま」　中村信仁　エイチエス

「対人苦の解決　明るい未来へ」　北川八郎　高木書房

「素直」　池田繁美　致知出版社

「凡事徹底」　鍵山秀三郎　致知出版社

「運命を開く」　安岡正篤　プレジデント社

「運命を創る」　安岡正篤　プレジデント社

「修身教授録」　森信三　致知出版社

「海の翼」　秋月達郎　新人物文庫

「日本はこうして世界から信頼される国となった」　佐藤芳直　プレジデント社

「人生に生かす易経」　竹村亞希子　致知出版社

参考ウェブサイト

ウィキペディア

著者プロフィール

香月敬民　かつき　たかおみ

昭和50年福岡県生まれ。

立命館大学文学部哲学科卒業。

大学在学中から、文学部でありながら本をほとんど読まなかった。しかし卒業後10年以上過ぎた後、隣の席の同僚が読んでいた「営業の魔法（中村信仁著）」をたまたま手に取ってから、一気に本との出会い、言葉との出会いに没頭するようになる。恩師や先輩から「本を読みなさい」と言われていた意味を、35歳にしてようやく知ることになる。住宅メーカーで15年営業をした後、売り手側から離れた立ち位置でお客様の家づくりをサポート出来るようにと、家づくりコンサルタントとして独立。ハウジングストーリー代表。「家づくりお助け隊」としての活動もしている。土地選びや家選びについてのセミナーでは、他では得られない本質的な情報が得られると好評を得ている。

中村式永業塾福岡ステージリーダー。

著書に「永業という道～僕が歩んだ９つの道～」（エイチエス）がある。

【営業が永業に変わるとき　永く評価され続ける営業の理由】

初　刷 ―― 二〇一三年一〇月二十五日
発行者 ―― 斉藤隆幸
発行所 ―― エイチエス株式会社　HS Co., LTD.
064-0822
札幌市中央区北2条西20丁目1・12佐々木ビル
phone : 011.792.7130　fax : 011.613.3700
e-mail : info@hs-prj.jp　URL : www.hs-prj.jp
印刷・製本 ―― 中央精版印刷株式会社

ISBN978-4-903707-42-6